CAÇADORES DE DEMÔNIOS

Caçadores de Demônios

Ademir Pascale

1ª edição

Editora Draco
São Paulo
2014

Ademir Pascale
É paulista, escritor e ativista cultural. Participou em mais de 40 livros, sendo um dos mais recentes "Nouvelles du Brésil", publicado na França pela editora Reflets d'Ailleurs. Publicou pela Editora Draco "O desejo de Lilith", do mesmo universo em que se passa esse romance. Fã nº 1 de Edgar Allan Poe, adora pizza, séries televisivas e HQs.
Blog odesejodelilith.blogspot.com Twitter @ademirpascale Facebook.com/ademir.pascale

Publisher: Erick Santos Cardoso
Produção editorial: Janaina Chervezan
Edição: Cirilo S. Lemos
Revisão: Karen Alvares
Ilustração de capa: Hugo Maximo

Dados Internacionais de Catalogação na Publicação (CIP)
Ana Lúcia Merege 4667/CRB7

P 278

Pascale, Ademir
Caçadores de demônios / Ademir Pascale. – São Paulo : Editora Draco, 2014.

ISBN 978-85-8243-119-1

1. Ficção brasileira I. Título.

10-00713 CDD-869.93

Índices para catálogo sistemático:
1. Ficção : Literatura brasileira 869.93

1ª edição, 2014

Editora Draco
R. César Beccaria, 27 - casa 1
Jd. da Glória - São Paulo - SP
CEP 01547-060
editoradraco@gmail.com
www.editoradraco.com
www.facebook.com/editoradraco
Twitter e Instagram: @editoradraco

Sumário

PREFÁCIO

Highway to Hell

EXISTEM CERTOS PEDIDOS QUE NÃO podemos recusar.

Quando um sujeito dedicado e imaginativo como Ademir Pascale diz para você correr, resta perguntar "*a que velocidade?*". E velocidade é o termo certo quando se lê um texto desse jovem e prolífico autor. Ademir conhece as manhas e sabe como acelerar ao limite sem capotar o carro.

E a estrada, caro leitor, é escura. Não aconselho a pegar carona com qualquer dos personagens que dão as caras, os chifres ou os cascos. O melhor conselho é agarrar a mão oferecida pelo narrador (mas com cuidado, não o distraia) e rezar – muito, com fé – para que não seja fria e macilenta.

Por sua janela passará um desfile de almas penadas, de condenados, de vítimas fatais, todos suplicando por ajuda, clamando por um lugar no banco de trás. Não pare.

Não.

Pare.

O maior de todos os mentirosos tentará convencê-lo que não há problema em oferecer ajuda a cada um dos desgarrados. Não caia nessa, a não ser que queira fazer parte da parada incorpórea que enfeita a beira do asfalto.

Confie em seu guia, ele o levará em segurança até o outro lado. E depois, chegando ao destino, abrirá a porta, porque é um cara gentil. O problema, claro, é que você não ficará satisfeito.

Como todas as maldições, você pedirá para repetir a dose, mais e mais. E a cada vez o caminho estará mais escuro, mais lotado de espíritos, mais difícil de ignorar.

Se conseguir resistir, meus parabéns, você é um cara melhor que eu. Sim, porque para mim, aqui, no escuro da beira de estrada, só me resta suplicar por outra oportunidade de adentrar o ambiente desse sedã de papel que trafega por cidades negras.

Vamos, abra a porta. Vire a página. Comece a ler.

Por favor.

Octavio Aragão
Doutor em Artes Visuais pela Universidade Federal do Rio de Janeiro. Professor Adjunto da ECO-UFRJ e pesquisador do PACC-UFRJ. Escritor e criador do projeto Intempol.

Cento e dez
Cento e vinte
Cento e sessenta
Só pra ver até quando
O motor aguenta

Infinita Highway - Engenheiros do Hawaii

1

Frio

Segunda-feira, 3 de junho de 2013. Temperatura: 2 °C na Avenida Paulista.

00H35. AVENIDA E RUAS PARALELAS desertas, exceto quando algum veículo passa rasgando o vento sem respeitar os semáforos. Um mendigo treme de frio embaixo de um cobertor velho e rasgado. Seus ossos doem. Seus lábios estão ressecados. Os olhos ardem.

Outros mendigos estão num abrigo próximo.

Ele prefere enfrentar o frio.

Movimenta seus dedos com frequência, mas as pernas já começam a formigar. Os dentes rangem, criando um som repetitivo.

Ele é forte, entretanto, terá de aguentar ficar naquela posição o tempo que for necessário, pois algo terrível está para acontecer.

Experiente, não acha isso tão terrível assim.

A temperatura cai drasticamente em questão de segundos: - 5°C.

Sorri, levantando com dificuldade apenas um dos cantos do lábio superior. Um grupo de oito homens sobe a pé a Rua Augusta e entra na Avenida Paulista. Seguem rumo ao mendigo.

Suas gargalhadas lembram o som que as hienas emitem. Os olhos vermelhos parecem arder em chamas.

O coração do mendigo dispara e isso faz com que seu corpo fique mais aquecido.

Gosta daquela sensação. Vive para isso. É isso que o faz sobreviver.

O grupo está cada vez mais próximo, enquanto o mendigo continua sentado num degrau em frente a uma loja luxuosa.

Ele passa a mão calmamente em sua longa barba negra.

A hora do show está para começar.

– Aí, maluco, o que você está fazendo sentado sozinho nesse frio? Tem alguma grana escondida aí? – disse um dos homens.

O mendigo permanece calado.

– Cara, num vai dá uma de doido com a gente, não, você não sabe quem a gente é – eles caem na gargalhada. O mendigo levanta apenas uma das sobrancelhas.

– Ei, quem disse que é para você encarar a gente? Erbek, ainda tem pinga aí ou você já bebeu tudo?

– Ainda tem metade da garrafa, Asmof – o homem levanta a garrafa, deixando um pouco do líquido escorrer pelo braço.

– Economize, Erbek, a gente vai jogar um pouco nesse viado e tacar fogo nele – o homem tira um isqueiro do bolso, sorrindo.

O mendigo também sorri e isso paralisa o grupo.

– Nós iremos te queimar e ainda fica aí rindo? Tenho uma ideia melhor: Erbek, espere um pouco, mas não beba a porra dessa pinga, guarde aí com você. Astoth, você ainda está com a faca aí presa no cinto?

– Está aqui, Asmof, linda e ainda suja de sangue – o homem levanta a jaqueta de couro e retira a faca do cinto. Apenas metade dela reluz.

Os homens avançam em direção ao mendigo. Suas feições se modificam. As bocas ficam mais largas, expondo dentes selvagens. Os olhos param de chamuscar e se tornam negros como a noite.

Eles são demônios.

Mas não demônios de pele vermelha e chifres proeminentes. São espíritos que se apossam dos corpos de suas vítimas.

Punhos fechados. Faca na mão. Isqueiro aceso. Álcool derramando. Tudo pronto para a carnificina.

Duas luzes infravermelhas surgem embaixo do cobertor do mendigo. Uma delas está mirada na testa de Asmof, outra no peito de Erbek.

Os disparos quebram o silêncio noturno.

Oito corpos caem ensanguentados no chão. O mendigo se levanta, cospe pelo canto direito da boca e depois sorri mais uma vez. Faz o sinal da cruz com a ponta do cano da sua arma e balbucia agradecendo a Deus por ter mergulhado a munição em água benta.

Seu nome é Rafael Monte Cerquillo, um caçador de demônios que perambula há décadas pelas ruas e avenidas de São Paulo. Seu maior momento foi a participação na derrota de um dos mais poderosos demônios que enfrentou em sua longa carreira: Caim, filho de Lilith e Samael, o primeiro anjo caído.

E em todos esses anos de caçadas e mortes, Rafael tornou-se um homem frio, e seu único temor é a libertação do mais poderoso dos demônios: Lilith. Algo inevitável, pois ele sabe – pressente – que isso está próximo, bem perto de acontecer.

Ele caminha sem olhar para trás. Segue a pé rumo à sua residência; um quarto vagabundo com um banheiro que mal cabe uma pessoa, num quintal com mais seis quartos. Um cortiço. Seus vizinhos são viciados, ladrões e prostitutas. O aluguel é barato e ninguém jamais desconfiaria que ali reside um caçador de demônios, ou pelo menos ele acredita nisso. Gosta deste lugar. Sente-se em casa. E de qualquer maneira deve ser melhor do que o inferno. Ou pelo menos um pouco melhor.

Com as mãos nos bolsos, passa cabisbaixo entre as prostitutas que estão esperando por clientes no corredor. E mesmo olhando para o chão, ele nota o que acontece ao seu redor: alguns homens cheiram pó dentro de um dos quartos. Eles não fazem questão de fechar a janela. Outros homens, sentados em caixotes, jogam baralho para adultos, daqueles que estampam mulheres em poses sensuais. Uma prostituta nua sentada em sua cama amamenta o filho enquanto espera por clientes. Rafael chega até a porta do seu quarto, o de número seis daquele pequeno pedaço do inferno. Mas algo está diferente: ela está entreaberta e ele nunca, jamais sai de casa sem se certificar de que a porta está realmente fechada.

Ele retira uma das armas que estava presa ao cinto.

Sem munição.

Retira a outra arma e verifica que existe apenas uma bala no tambor.

Sente ódio. E mesmo com tantos anos de experiência, os erros são inevitáveis. Podem significar a morte.

Mas ele sente que já está morto faz muito tempo. E mortos não morrem. Apenas mudam de estágio. Rafael tinha certeza que sua próxima etapa seria o inferno.

Ele sorri, pois vive para caçar demônios e se for para o inferno, a diversão será garantida, pois é um cara durão, daqueles que apagam a ponta do cigarro na própria pele.

Mas não pode errar: deve calcular a quantidade de munição diária. Erros são imperdoáveis.

De qualquer maneira ainda tem uma bala no tambor, pior seria se não houvesse nenhuma.

Conseguirá mais munição apenas dentro da sua geladeira, no compartimento de laticínios.

Ele entra no quarto. A luz está apagada. Uma mão leve e feminina toca em seu ombro. Ele não se assusta. Sentiu, ao passar no corredor, o odor do perfume barato daquela prostituta de cabelos vermelhos.

– Querido, a polícia veio hoje aqui no corredor e arrombou todas as portas dos quartos – disse ela, mascando chiclete.

Rafael abre a boca para perguntar se eles tinham mandado, mas seria uma pergunta idiota.

– Eles deram uma olhada aí dentro, não encontraram nada interessante e foram para os outros quartos. Iam levar muita gente, se não fosse o Manecão. Deu dinheiro para eles.

Manecão é o dono daquele lugar imundo. Um carioca que acha graça da maneira de como os paulistas pronunciam as palavras "porta" e "carne". De fato, ele acha graça de quase tudo e sempre sorri mostrando seus dentes obturados. Só não acha graça de Rafael, pois teme seu jeito sério e olhar frio.

Rafael agradece pela informação e dá dez reais para a prostituta. Ela rasga o dinheiro e o manda enfiar onde o sol não bate.

Ele se esquece rapidamente daquela mulher quando nota que o sal que deixara em fileira no chão da porta de entrada está totalmente espalhado.

Ele sabe que dentro de instantes algo irá acontecer.

Uma mão no gatilho. Outra no interruptor.

Luz acesa.

Um homem está sentado em sua cama. Ele olha para Rafael. Seus olhos são negros. Ele é um demônio.

– Finalmente você chegou, Rafael. Sal no chão da porta da entrada é muito eficiente, mas não quando está esparramado e cheio de brechas – Rafael mira na testa do demônio enquanto este olha calmamente as inúmeras imagens de anjos, recortes de jornais e palavras desconexas pichadas nas paredes, para depois dar o seu recado, ou tentar – Samael mandou um recado pra você, ele disse que...

Bang.

– Eu não recebo recado de demônios. Se ele quiser que venha falar diretamente comigo – Rafael assopra o cano da arma, depois a recoloca presa ao cinto.

A prostituta, parada na entrada do quarto, franze as sobrancelhas, esforçando-se para entender a conversa, mas sabe que não viu Rafael atirar na testa daquele homem.

Ela retira a goma de mascar da boca, gruda na parede e sai rebolando sem pronunciar palavra.

Rafael estica os braços, esfrega as mãos para esquentá-las. Depois segura nos pés do demônio e o arrasta como um saco de lixo, passando pelo corredor em meio às prostitutas, viciados e ladrões.

Todos fingem não ver o que está acontecendo.

Rafael leva o corpo inerte até o local onde os moradores da rua depositam seus lixos. Os ratos correm ao sentir a presença do homem, mas não fogem, apenas se escondem; sentem o cheiro do sangue e da carne fresca com os quais logo se banquetearão.

A noite foi produtiva, mas Rafael está exausto. Seria difícil conseguir dormir. Mesmo se quisesse, não conseguiria. Os pesadelos são muitos. De qualquer maneira, retorna para casa. Tranca a porta e coloca uma cadeira prendendo a maçaneta, como faz todas as noites. Refaz a fileira de sal na entrada e certifica-se de que tudo está no lugar. Todas as imagens de santos que mantinha na parede estão lá. Algumas estátuas no chão possuíam mais de duzentos anos. Rafael gostava de contemplá-las. Ganhou-as de alguns amigos de uma organização intitulada Black Angels, hoje sediada em Moscou. Estes mesmo amigos doaram dezenas de barras de ouro para que Rafael conseguisse se manter por muitos anos ou, quem sabe, décadas, na caçada. As barras ele esconde num fundo falso, no chão, embaixo da sua cama. Mas Rafael não gosta de luxo e só usa o seu dinheiro quando realmente necessita.

O caçador caminha até a geladeira, pega a munição benzida em água benta e carrega as armas; aproveita para também encher os bolsos da calça. Acende uma vela, apaga a luz e vai até a cama. Tira apenas os sapatos. Ajeita o travesseiro e se deita.

Rafael gosta de ver as chamas consumindo a cera da vela.

Ele não dorme, mas relaxa o corpo cansado por algumas horas, até às 7h30 da maldita manhã nublada.

JORNAL DA MANHÃ

POLICIAIS FORAM ACIONADOS SOBRE UMA CHACINA NESTA MADRUGADA NA AVENIDA PAULISTA, EM SÃO PAULO. FORAM ENCONTRADOS OITO CORPOS COM FERIMENTOS A BALA. UMA TESTEMUNHA RELATOU QUE VIU UM HOMEM ATIRANDO CONTRA OS TRABALHADORES QUE PRESTAVAM SERVIÇO NUMA CONSTRUTORA DA REGIÃO. O DELEGADO QUE INVESTIGA O CASO AFIRMOU SE TRATAR DE UMA TENTATIVA DE ASSALTO, MAS OS PERTENCES DAS VÍTIMAS NÃO FORAM LEVADOS. SERIA VINGANÇA? QUEIMA DE ARQUIVO? OU UMA BRIGA BANAL QUE ACABOU EM MORTE? SAIBA MAIS NO NOTICIÁRIO DAS DEZ.

Trabalhadores? A mídia acredita apenas no que vê, mas não investiga a fundo os casos. Sensacionalismo barato – pensou.

Rafael desliga a TV e depois esmaga com uma colher a barata que passeia sobre um prato em cima da pia.

O café da manhã exige estômago forte: café sem açúcar, pão amanhecido e restos de feijão com farinha. Ele bebe e come, mas sequer sente o gosto. Seus pensamentos vagam longe, muito longe.

Rafael olha nos quatro cantos do seu quarto. A solidão o acompanha há décadas. Por que não tem uma companheira? Nem mesmo ele sabe responder.

Sai cabisbaixo, mas pronto para matar, como sempre. Os

transeuntes na rua não passam despercebidos. Rafael está sempre alerta, seja nos movimentos, seja nos sons. Ele vê um mendigo com uma placa na mão – O FIM DO MUNDO ESTÁ PRÓXIMO. Sorri e acha que o mundo já acabou faz tempo. O mendigo agarra a barra da sua calça e quando abre os olhos revela que é completamente cego.

– Ei, larga a minha calça, estou sem troco aqui, não posso dar esmola – diz Rafael, nervoso.

– E por acaso eu pedi algo? – responde o mendigo, sorrindo e mostrando que ainda restam quatro dentes em sua boca.

– Então por que está segurando minha calça?

– Porque tenho um recado pra você, mas fique tranquilo, pois não sou um demônio, Rafael.

Anjos e demônios usam qualquer corpo que esteja disponível. Aquele homem no chão pode ser um anjo, mesmo assim o dedo do caçador já está no gatilho pronto para disparar.

– Meu nome é Nelchael e não ando em grupos como a maioria dos outros caídos. Como você, escolhi a solidão. Mas tenho meus informantes e como vários anjos que estão na Terra, preocupo-me com os seres humanos. Venho de outras eras, desde o início da criação da raça humana até a queda de Samael, o ex-braço direito de Deus. Tenho um recado para você e vem confidencialmente do próprio demônio.

– Então desembucha, antes que meu dedo fique cansado de ficar parado no gatilho. Você pode ser um anjo da mesma maneira como pode ser um demônio querendo pregar uma peça.

O mendigo solta a placa, ergue os braços para o céu e pronuncia palavras num outro tom de voz:

– Fique atento aos sinais, pois eles poderão salvar muitas vidas. Siga o Dragão Vermelho. Ele revelará o que Samael tanto quer lhe dizer.

– E por que você mesmo não revela o que tanto ele quer me dizer?

– Porque ele é precavido, assim como você. Siga o Dragão Vermelho que você saberá o que Samael quer. Siga o Dragão Vermelho.

Rafael passa a mão na barba, somo sempre faz quando está pensativo ou pronto para agir. Ele sabe que Samael é o próprio Lúcifer, mas que Lilith é a pior e mais ardilosa entre todos os demônios.

O próprio Samael, que tem Lilith como sua esposa, não a suporta mais. Ele seguirá o sinal que o anjo Nelchael lhe revelou, buscará pelo Dragão Vermelho, mesmo sem saber o que isso realmente significa, pois dragões não existem.

O caçador, agora mais relaxado e com as mãos nos bolsos, com os seus longos cabelos e barba esvoaçando sob meros gestos dos ventos, caminha decidido entre os transeuntes, atento aos sinais que poderão revelar o Dragão Vermelho. Os anos de experiência que adquiriu no combate contra demônios revela que desta vez ele precisa ouvir o recado de Samael, pois um reina no céu e o outro nas trevas e assim deverá ser até o último dia da Terra. E para que a harmonia continue, Lilith deve permanecer no inferno.

Pelo menos é isso o que Rafael tanto deseja.

É para isso que ele tanto luta.

2

Dragão Vermelho

Rua Augusta, São Paulo. Dia nublado. Tarde de sexta-feira.

RAFAEL SENTA NUM BANCO DE ponto de ônibus. Ele está exausto desta busca insana. Afinal, o que seria o Dragão Vermelho? Sua mente precisa relaxar ao mesmo tempo em que necessita pensar mais. O ronco de motores quebra o silêncio. Dois carros aceleram sem sair do lugar. Rafael não acredita que eles farão um racha na movimentada Rua Augusta. O Opala Luxo 4100, preto, acelera e sai cantando os pneus. O Maverick Vermelho, com cano de escapamento duplo customizado e motor V8, acelera, mas não sai do lugar. Apenas continua acelerando. O caçador nota que no vidro traseiro há um adesivo com a palavra Dragon. Aquele pode ser o sinal.

Rafael atravessa a rua e caminha até a porta do motorista. Bate três vezes na janela e se esforça para ver quem está por trás dos vidros escuros.

São segundos demorados.

O vidro vai sendo abaixado e o som *Black Night*, do Deep Purple, que rolava lá dentro fica mais nítido do lado de fora.

Um homem usando cavanhaque, óculos escuro e cheio de tatuagens coloca o braço pra fora. Antes que Rafael pergunte algo, ele inicia a conversa:

– Sou um demônio e meu nome é Azazel. Pronto, falei. Mas cê

não vai atirar em mim, não é? – o demônio baixa o óculos e mostra seus olhos negros.

– Não. Pelo menos por enquanto – diz Rafael, com a mão embaixo da camisa.

– Quem cê pensa que é? Acha que é durão? Eu já passei por tantas coisas, vi tantas coisas que cê se borraria de medo. Pra mim cê é um bebê que mal saiu das fraldas.

Rafael se irrita e agarra o demônio pelo colarinho ao mesmo tempo em que o demônio aperta seu braço com força descomunal. Ambos se entreolham. O caçador cerra os dentes. A porta é aberta logo em seguida. O demônio retira calmamente os óculos e o coloca sobre o capô do veículo.

– Cê tá querendo brigar? Eu também quero. Pode vir, então, não vou arregar não, mané – o demônio fecha os punhos e faz posição de pugilista.

Rafael dá o primeiro soco. O demônio sorri e mostra os dentes avermelhados pelo sangue.

– É só isso que cê pode fazer? Dá outro mais forte, pô.

Demônios são ardilosos. E aquele é durão.

Outro soco. O demônio cambaleia, mas se recompõe rapidamente. É ele quem dá o próximo soco. Rafael se defende, mas não consegue segurar a joelhada que leva na genitália. O caçador cai de joelhos, mas com a arma em punho, pronto para atirar.

– Cê não sabe perder? Sei que dei golpe baixo, mas não tô armado. Cê pode ouvir agora o recado do Samael ou qué brigar mais? Por mim a gente pode fazer isso até amanhã. Quero mais é vê sangue rolando.

Brigar ali na Rua Augusta seria insano. Algumas pessoas já estavam se aglomerando para assistir ao espetáculo gratuito. Rafael passou a mão na barba, rangeu os dentes e aguardou pelo recado.

– Entra aí e senta no banco do passageiro. Cê não vai querer ficar a noite inteira aqui no meio da rua, não é? – o demônio entra no carro e aguarda Rafael abrir a porta e sentar-se no banco do passageiro, para depois arrancar, novamente cantando os pneus.

– Vamos lá, aproveita que lhe darei alguns minutos para ouvir o recado do seu chefe – diz Rafael olhando para a rua.

– Seguinte: Samael disse que não pode evitar que Lilith saia do inferno. Os milênios a fizeram um ser sábio e poderoso e com a libertação do seu filho Caim a coisa piorou. Sem poder dominar o filho a diaba endoidou. E, cara, se tivesse na sua pele, eu que odeio rezar rezaria pela minha alma. Lilith não quer apenas trucidá-lo, ela quer acabar com toda a raça humana. Ela sente nojo de todos vocês – o demônio sente dificuldade em falar, pois o sangue do soco que levou na boca ainda está escorrendo. Ele limpa o líquido vermelho com o braço e cospe o restante na rua.

– Isso não é novidade – diz Rafael desapontado.

– Mas eu não terminei de falar. Samael juntou um grupo de demônios que serão seus aliados. Eu faço parte deste grupo e no total somos seis... Bom, seríamos sete se você não tivesse matado Murithá, o demônio que foi até a sua casa para dar este mesmo recado. Nós também não queremos a extinção da raça humana, pois não teria a mínima graça um mundo somente de demônios. Temos que ter alguém para azucrinar, não é? – Azazel dá um sorriso diabólico.

Rafael fica pensativo por minutos. Ele vive para caçar demônios e agora seria aliado de um grupo deles? Mas sabe que sozinho não teria a mínima chance contra Lilith. Seus pensamentos vagam e a indecisão machuca. É justamente neste momento em que ele mais sente a solidão, pois não tem ninguém próximo para pedir opiniões ou mesmo compartilhar ideias. É ele e somente ele quem deve decidir o que deverá ser feito.

Ele espera não errar desta vez, mas aceitará em partes a ajuda de Samael, pois não tem nada a perder.

– Pois bem, quero conhecer esse grupo de aliados. Mas qualquer sinal de trapaça, agirei sozinho – Rafael recorda-se e sente saudades dos amigos da organização Black Angels. Eles, sim, seriam ótimos aliados no combate contra Lilith.

Azazel sorri e antes de deixar Rafael próximo de sua residência, marca o dia e horário em que o grupo deverá se apresentar.

Morrison

Sábado, 8 de junho de 2013. Morrison Rock Bar, Pinheiros.

RAFAEL SENTA-SE PRÓXIMO À PISTA para ouvir a banda Guns N' Roses Cover tocar *Since I Don't Have You*. Ele acha a semelhança com a banda original incrível e por instantes relembra o passado, o amigo Evandro Alves – o Ruivo —, que se foi cedo. Lembra-se também da vida dura e desregrada que tem desde a década de 1970. Sua dúvida em saber o que ele mesmo é o leva a loucura. Não sabe se ainda é humano ou mesmo uma aberração, isso depois de ter sido transformado em imortal pelo demônio Caim. Um homem com mais de oitenta anos, mas com aparência de trinta. Aberração: esta é a palavra que acha ser mais adequada. Uma aberração que caça outras aberrações. Rafael não se acha tão diferente dos demônios e por muitas vezes tentou o suicídio. Mas hoje existe uma pequena faísca que o faz continuar: Lilith, que, apesar de tudo, o faz viver, mas não uma vida como outra qualquer, uma vida dura, escura e triste.

Rafael segura com força seu copo com vodka Smirnoff e, antes de quebrá-lo entre os dedos, bebe num gole todo o seu conteúdo.

Mão sangrando. Nada que alguns guardanapos não resolvam.

A banda inicia *You Could Be Mine*. O caçador verifica as horas. Faltam dois minutos para o combinado. Azazel combinou de se encontrar com Rafael e apresentar seu grupo naquele local exatamente às 23h30.

23h29. Nada.

23h30. Um frio percorre o corpo de Rafael. *Eles* devem estar no bar.

Azazel é o primeiro a aparecer, trajando calça e jaqueta de couro. Os outros cinco vieram logo atrás. E para um grupo de demônios até que eram bem comportados. Pelo menos essa foi a opinião de Rafael.

– Demoramos? – pergunta Azazel, sarcástico.

– Nem um minuto. Mas demônios não atrasam, não é? Esta é uma de suas características. – Diz Rafael, olhando para uma garota que o encantou desde que entrou no bar, algo bem difícil de acontecer. Ela aparentava ter uns vinte e cinco anos. Magra. Pálida. Cabelos pretos. Franja reta um pouco acima dos olhos. Trajava um short de lycra na cor vinho e uma blusinha agarrada e curta na cor preta com estampa de um crânio prateado, meia-calça preta com rasgos e coturnos.

– Hum, cê não acha que ela é muito novinha para um homem com mais de oitenta anos? – os demônios gargalham.

– Posso ter mais de oitenta anos, mas aparento trinta e sou muito mais forte que qualquer homem com esta idade – diz Rafael, sem desgrudar os olhos da garota. – Mas sentem-se aí, antes que me arrependa desta ideia maluca de aliados. Vamos ver quem é quem.

Azazel começa a falar os nomes de cada um daquele grupo infernal, iniciando por ele mesmo:

– Como sabe, sou Azazel. Este do meu lado direito é Seth: poderoso demônio tratado como um deus no antigo Egito. Marchosias está do meu lado esquerdo: marquês do inferno e comandante de dezenas de legiões de demônios. Um dos capitães em que Samael mais confia. Este é Berith: demônio que sabe tudo sobre o passado e que prevê o futuro. O grandão é Paimon: temido e poderoso demônio, comandante de mais de duzentas legiões de demônios. Odiado por Lilith e um dos braços direitos de Samael. O mais forte do grupo. E o último é Baal: demônio mencionado várias vezes no Antigo Testamento e tratado como o principal deus pagão dos fenícios.

Rafael fica pensativo, pois jamais imaginara estar numa mesa repleta de demônios bíblicos e milenares. Alguns ele já tinha ouvido falar inúmeras vezes, como Seth, Baal e Azazel. E mesmo sendo aliados no combate a Lilith, eles ainda são demônios, e demônios não são confiáveis. Eles estão ali por dois propósitos: combater Lilith para que ela não extermine a raça humana e que Samael seja sempre o eterno rei do inferno. Rafael luta apenas pela raça humana, mas sabe que deve existir o tal equilíbrio entre céu e inferno e que se Samael é o rei da escuridão, é porque Deus aceitou e é assim que deverá ser até o fim dos dias.

O caçador passa a mão na barba. Olha para os demônios que estão à sua frente e diz a tão aguardada palavra que todos esperavam: "aceito".

Agora o grupo sempre estará com Rafael, ou pelo menos próximo dele.

Rafael se levanta e segue rumo à garota. Berith não gosta daquela mulher, pois não consegue enxergar seu passado e nem prever seu futuro e isso é algo que jamais lhe aconteceu. Os outros ficam atentos, mas não deixam de beber, fumar e mexer com as mulheres, algo que logo chamará a atenção dos seguranças do bar.

– Posso dançar com você? – Rafael pergunta para a garota.

– Se pode dançar comigo? Cara, de que século você é? – diz a garota dançando e rodopiando os cabelos freneticamente, para depois agarrar Rafael e grudá-lo em seu corpo quente. – Vem cá, gato, adoro homens com o seu estilo – o beijo que veio a seguir fez os demônios sentirem inveja.

Rafael não sabia que as mulheres estavam tão avançadas, principalmente quando sente a garota apertar suas nádegas.

– Meu nome é Laila. Mas não pense que gosto só de homens, curto também mulheres.

– Ah – Rafael fica paralisado por míseros milésimos de segundos; não existe muita coisa neste mundo que o abale, mas ele não esperava que ela dissesse isso da maneira como disse. E, mesmo assim, tanto faz se ela gosta de homens e mulheres, o importante é que ela está ali, à sua frente, dançando, jogando os cabelos em seu rosto e exalando um perfume que o faz sentir vontade de beijá-la por horas.

– Você mora próximo daqui? – ela pergunta, com olhar malicioso.

– Sim, não muito longe. Mas você não iria gostar nem um pouco de onde eu moro.

– Cara, você não me conhece nem um pouco. Vamos lá, me mostra onde você se esconde – ela fala enquanto passa os dedos entre os cabelos.

Rafael sai de mãos dadas com Laila. Ele não se despede dos novos "amigos". Ela pisca o olho para uma garota sentada numa das mesas. Os demônios apenas observam. Azazel faz sinal para que Berith e Paimon os sigam.

E como faz anos que o caçador escolheu andar a pé ou até mesmo utilizar o transporte público, Laila o convida para subir na garupa de sua moto. Ela de capacete. Ele sem. Ela com um cigarro no canto esquerdo dos lábios. Ele, mesmo com a moto em movimento, com os braços cruzados. Noventa quilômetros por hora. Rafael curte as luzes da noite enquanto o vento frio bate em seu rosto. A música *The Reason*, do Hoobastank surge em seus pensamentos.

Berith e Paimon sentem dificuldade em segui-los. Berith, ao volante, conduz um Chevy Impala preto. Paimon, nervoso, só pensa em sentar a mão em Rafael. Berith tenta se esforçar para enxergar o passado ou o futuro daquela garota, em vão. Paimon tenta contar para passar o nervosismo, mas em todos esses milênios nunca se preocupou em aprender os numerais, então o jeito foi tentar passar o tempo assoviando a primeira música que lhe veio à cabeça: *Patience*, do Guns N' Roses. Berith não interrompe Paimon, pois conhece muito bem o seu parceiro e sabe que seu nervosismo poderá botar tudo a perder.

Rafael, além das luzes dos bares e casas noturnas, nota que a lua está com um tom avermelhado, algo que ele nunca notara antes. Berith e Paimon também notam o estranho fenômeno.

– A lua está sangrando, Berith – diz Paimon, os olhos semicerrados.

– Para de idiotice, Paimon, a lua não sangra.

– Quê?

– Er... desculpe, pode ser que ela esteja sangrando, sim – Berith sabe que Paimon já trucidou centenas de demônios que se opuseram a Samael por muito menos e mesmo sendo tão poderoso como ele, todos o temem pela sua fúria.

– Eu já vi a lua sangrando uma vez, Berith. Quando Deus enviou Samael para as trevas.

– Sim, e nós, por sermos aliados de Samael, viemos logo em

seguida – Berith concorda em partes, mas está preocupado. O fenômeno pode ser um mau presságio.

– Lilith já deve ter se libertado, não é?

– Pode ser, Paimon, pode ser... – Berith tenta se concentrar em Rafael e Laila, mas não para de pensar em Lilith. Ela é ardilosa, tanto que foi retratada inúmeras vezes em antigas pinturas e textos como uma serpente. E com ela na Terra os sinais serão inevitáveis. O fenômeno da lua pode ser o primeiro deles.

Rafael nota que Laila não respeita os semáforos, mas ele não fica tão preocupado, afinal, não morrerá e muito menos pagará as multas. Ele apenas diz o caminho e ela segue.

A aventura, entretanto, dura pouco. Eles chegam até a entrada do cortiço. Laila estaciona a moto e não se preocupa com roubo. Rafael conduz a garota pelo corredor infestado de prostitutas e viciados. Ela sorri. E para espanto de Rafael, todos a respeitam, chegando até a abrir caminho para que eles passem. Um viciado dentro de um dos quartos arregala os olhos e escancara seus dentes, para depois pronunciar uma frase desconexa:

– Morte. Morte. Ela chegou. Vá de retro, Satanás. Sai daqui, sai... – O viciado cai em espasmos.

– Aqui tem muito disso, Laila – diz Rafael, enquanto abre a porta do seu quarto.

– Não se preocupe, isso não me incomoda – Laila tem um jeito de falar que deixa Rafael excitado. Ele não entende como ela consegue falar e ao mesmo tempo brincar com a língua nos lábios.

Porta aberta. Mão no interruptor. Luz acesa. Estouro. A lâmpada acabou de queimar. Rafael não tem outra para substituí-la. Pedir uma lâmpada para um dos seus vizinhos seria algo que ele não faria.

Vela acesa. Porta fechada. Laila sentada na cama. Rafael sentindo uma sensação que nunca sentira antes: seu coração parece que vai explodir no peito, algo que não sentiu nem quando era adolescente. Aquela garota é perfeita, como ele sempre sonhou.

Não tem nada para oferecer para ela, a não ser um copo com água. Ela parece ler os seus pensamentos e diz para ele não se preocupar com nada. Ela retira a camisa de Rafael com muita agilidade.

– Nossa, quantas cicatrizes... Você já sofreu algum acidente? – Laila passa seus delicados dedos nas cicatrizes de Rafael.

– Não. Isso é consequência do meu trabalho. Já passei por muitas coisas...

– E o que você faz? No que você trabalha? – Laila brinca novamente com a língua nos lábios. Rafael não aguenta, segura com força a garota pela cintura e dá o primeiro beijo. Um longo beijo.

Mas ela não se esquece da pergunta e na primeira oportunidade relembra que Rafael ainda não respondeu. Ele a silencia com um dedo nos lábios. Ambos se deitam na cama e antes que ele pense em tirar suas roupas, ela já está nua.

Ela parece conhecer bem o Kama Sutra. Ele percebe que, mesmo com várias décadas de experiências, ainda tem muito para aprender.

Berith e Paimon resolvem descer do carro estacionado ali próximo. Eles ficam de prontidão, próximos ao movimentado corredor. E mesmo não querendo, chamam atenção.

– Vocês saíram de algum filme? – pergunta a prostituta de cabelos vermelhos.

Berith olha para a garota dos pés a cabeça. Ele gosta do que vê, mas não responde à pergunta. Ela olha para Paimon.

– Deus... Você é irmão do Hulk? – a garota faz a pergunta espantada, pois nunca viu pessoalmente um homem tão musculoso. Seus clientes são sempre gordos ou raquíticos.

– Tenho vários irmãos, mas nenhum com nome Hulk.

– Ele cheirou? – a garota faz a pergunta e dá uma cotovelada em Berith, completamente atônita.

– Moça, faz favor, deixa a gente em paz. Temos mais o que fazer. A não ser que Paimon queira brincar um pouco com você.

– Posso brincar com ela?

– Não. Er... Agora não, temos um serviço a fazer, lembra? – Berith engasga. Ele não pode esquecer que nunca deve repreender Paimon.

– Bom, se o grandão ou mesmo você mudarem de opinião, estarei ali no corredor, prontinha para atendê-los, ok?

– Ok, ok... – Berith quer se livrar logo da garota, mas não deixa de tentar enxergar o seu futuro, sem êxito. Ele acredita que o fenômeno da lua esteja interferindo em seu poder de adivinhação, mas mesmo não enxergando o passado ou o futuro da garota, imagina que será puro sofrimento e provavelmente sua morte será nas ruas por overdose ou alguma doença sexualmente transmissível. Apesar de estar ali a trabalho para salvar a humanidade, ele apenas sorri: não dá a mínima para ela. Ele não quer a extinção dos seres humanos, mas como demônio deseja que eles sofram. Esse é um dos seus alimentos preferidos.

Cinquenta e cinco minutos depois, Rafael surge com Laila de cabelos molhados no corredor. Berith finalmente enxerga uma neblina no futuro da garota. Ele se esforça e quase entra em transe para enxergar o seu passado.

E em meio às risadas das garotas e dos homens no corredor, um rápido zunido cortando o ar chama a atenção de Rafael. Berith está caído na calçada com uma flecha atravessada em seu rosto. E tanto Rafael como Paimon visualizam em cima do telhado de uma casa um homem vestido de preto. Ele ergue novamente o seu arco e atira outra flecha. Esta acerta a perna de Berith. Rafael retira rapidamente o seu revólver do cinto e atira sem mirar. Ele acerta o homem, que mesmo assim foge como um felino, desviando com agilidade os obstáculos e pulando de casa em casa.

Paimon corre como um touro, mas não é ágil. Rafael mostra que entende do assunto e logo está perseguindo o homem nos telhados das casas.

Laila resolve não esperar. E, antes de colocar o seu capacete com estampa da *Batgirl*, assusta uma matilha de cães que perseguiam uma cadela no cio. Dois deles quase são atropelados por uma van que passa em alta velocidade. Ela apenas sorri, acelera e sai de cena com sua moto incrivelmente intacta. Nenhum dos ladrões tocou nela.

4

O Atirador

NO TELHADO DE UM SOBRADO abandonado, Rafael vê o homem que atirou a flecha em Berith entrar numa igreja. Ele desce calmamente e segue o rastro de sangue até a porta dos fundos do esconderijo. A porta está entreaberta. Ele entra e nota que é uma igreja comum, como qualquer outra. Algumas poucas pessoas estão orando para Jesus ou seus santos preferidos. O homem de preto não está entre eles. O caçador começa a averiguar as salas e nota respingos de sangue até chegar ao confessionário. Ele olha de relance e percebe que no recinto se encontra apenas o padre. Sua roupa é preta.

– Pois não? – pergunta o padre, escondendo seu braço esquerdo.

– Eu gostaria de me confessar, Padre – diz Rafael, a arma escondida embaixo da camisa, pronta para disparar.

– Este não é um bom momento, filho. Pode ser amanhã? – a expressão no rosto do padre é de dor.

– Não, tem que ser agora – Rafael retira a arma embaixo da camisa e aponta para o padre.

Ambos se entreolham com fúria. O padre desvia o olhar para um canto da sala e vê a ponta do seu arco dentro de um saco de pano. Ele jamais teria tempo de alcançá-lo para alvejar Rafael. Então levanta seu braço direito e mostra o esquerdo ferido pela bala.

– Por que você atirou naquele homem?

– Homem ou demônio? Eu caço demônios e diferente de outros padres que praticam apenas o exorcismo, saio para o campo e os elimino para sempre deste planeta.

Rafael fica pensativo. Se o padre está falando a verdade, ele não é diferente dele. Mas Berith tinha um propósito, o de ajudar a expulsar Lilith da Terra.

– Você pelo menos sabe o nome daquele demônio que você disparou a flecha e o propósito dele aqui na Terra?

– Demônio é demônio e ponto final. Mas por que estou respondendo tantas perguntas? Percebo quem é demônio pela sua aura, e também pelos meus informantes. Você não é um deles, mas pode ser um admirador deles. Sua aura é diferente da dos seres humanos... Você é um simpatizante dos demônios? – o padre segura o braço ferido, suando sem parar.

– Não, sou sozinho neste mundo e também odeio demônios, mas um pequeno grupo deles tem o propósito de nos ajudar a nos livrar do pior entre todos os demônios.

– Lilith?

– Exatamente. Sou um caçador, assim como você. Mas tive que aceitar o apoio deles, afinal, jamais conseguirei eliminar Lilith sozinho.

– Lilith já deve estar entre nós, filho. Mas você não entende sobre sinais, não é? Já deve fazer alguns dias que ela caminha entre os seres humanos. Isso os seus demônios aliados não avisaram, não é?

– Não... Mas como você sabe tanto sobre Lilith e os demônios? – Rafael guarda a arma. Não vê mais perigo, ao menos por enquanto.

– Além dos sinais e dos meus informantes, não sou uma pessoa comum, sou paranormal. Enxergo coisas que outras pessoas não veem. A sua aura, por exemplo. Você não é um demônio, nem um anjo caído e nem um simples humano. Não sei bem o que você é, pois nunca vi nada igual.

– A minha história é longa, padre. E por favor, não me chame mais de filho, pois quando você nasceu eu já tinha lá meus trinta e poucos anos.

O padre olha desconfiado para Rafael, mas tenta acreditar no que ele diz, afinal, sua aura é diferente de todas as outras que já viu, e ele já vira milhares. Vai até o banheiro e lava o braço que levou o tiro de raspão. Coloca uma toalha de rosto entre os dentes e morde bem forte, para depois jogar álcool no ferimento. E enquanto termina o curativo, pergunta se Rafael gostaria de conhecer o seu arsenal. Ele apenas consente. O padre vai até uma parede lisa e a empurra num dos cantos, mostrando que é falsa e que do outro lado existe uma pequena sala. Ele acende a luz e ambos olham as armas fixas nas paredes. Rafael nota que o padre gosta de armas antigas, como arcos e flechas, espadas e lanças, diferente dele que prefere as armas de fogo. De qualquer modo foi bom saber que ele não é solitário, o único caçador de demônios no Brasil. Existe outro que usa outros métodos de combate. Rafael também notou alguns artefatos aparentemente antigos, assim como um espelho fúnebre pendurado na parede.

– Agora sei que o demônio que atingi estava com você, mas não se esqueça de que ele não passa de um demônio asqueroso. Eles não são confiáveis. E se eles estão lhe ajudando é porque se beneficiarão com isso, não porque são bons. Não me arrependo do que fiz, mas ofereço minha ajuda para balancear a perda.

– Obrigado, padre. E sei muito bem como é, pois logo no começo eu também eliminei um deles – Rafael olha minuciosamente cada uma das armas e artefatos, até passar em frente ao estranho espelho. O susto que levou ao ver o seu reflexo quase o fez desmaiar, mesmo que praticamente nada neste mundo o abalasse.

– Deus, então este é você? – diz o padre, completamente atônito.

Rafael continua intacto olhando o seu reflexo. O padre fica boquiaberto em ver que o espelho realmente funciona, presente de um curandeiro da Bahia. Ele reflete a verdadeira pessoa que ocupa um corpo. No caso de demônios que ocupam o corpo de outras pessoas, são as suas verdadeiras feições que refletem no espelho mágico. No caso de Rafael, o reflexo refletido é o dele próprio, mas com sua real aparência, ou seja, de um homem de mais de oitenta anos.

– É, realmente não posso mais chamá-lo de filho – diz o padre, querendo sorrir.

– Este sou eu, padre. Um homem com mais de oitenta anos, mas que permanece com o mesmo corpo de trinta.

– O importante é que a sua virilidade continua intacta, além das experiências que você deve ter adquirido nestas décadas passadas. O único caso semelhante que conheço está na literatura, e foi escrito por Oscar Wilde. Um romance intitulado "O Retrato de Dorian Gray", uma história tão incrível e bem escrita, que me deixou confuso, pois não sei dizer se foi ficção ou realidade. E, por acaso, você tem algum retrato com esta sua aparência de trinta anos?

– Conheço o livro, padre, mas não tenho nenhum retrato macabro. O meu caso foi diferente. O demônio Caim, filho de Lilith e Samael, tornou-me imortal.

O padre apenas coloca a mão no ombro de Rafael para tentar reconfortá-lo. A imortalidade é um dos piores castigos que um mortal pode receber. Ver parentes, amigos e pessoas amadas morrerem. Viver sozinho por décadas, séculos. Milênios... Para sempre.

Ambos tentam se esquecer do reflexo no espelho e continuam observando os artefatos. Rafael nota uma lança com uma cruz de Malta num lugar de destaque na parede. Ele pergunta o que aquilo significa. O padre explica:

– Esta cruz tem cerca de quinhentos anos e pertenceu ao padre José de Anchieta. Ela é o símbolo do guerreiro cristão. Ele a usava para espantar os demônios dos índios, assim como dos portugueses. Um poderoso artefato contra demônios. Já a lança pertenceu a um antigo caçador de demônios e tem cerca de trezentos anos. Fiz apenas uma adaptação, soldando a cruz na lança, e a levei para ser benzida por doze padres, sendo eu um deles. Este artefato poderá exterminar até o mais poderoso dos demônios.

– Interessante, mas só vendo para crer se ela realmente funciona.

– Já exterminei mais de trinta demônios com ela – o padre dá um longo suspiro e parece relembrar de suas batalhas sangrentas. – Bom, estamos conversando faz tempo, mas ainda não nos apresentamos. Meu nome é Antônio Spadoni.

– Rafael Monte Cerquillo – Rafael estica o braço para cumprimentar o padre e aproveita para se desculpar pelo tiro. – Você teve muita sorte por eu não ter mirado para atirar, pois se o tivesse feito você não estaria vivo.

– É verdade? Duvido. Bom, tenho uma missa para celebrar em dez minutos – o padre o ignora com certo desdém, verificando as horas em seu relógio de pulso.

– Vamos marcar de nos encontrar com o grupo de demônios? Precisaremos nos organizar no combate a Lilith.

– Acho melhor não, Rafael. Não sou aliado de demônios em nenhuma circunstância. Serei seu aliado, não deles. Mas tentarei estar sempre próximo, observando.

Rafael desvia do espelho ao sair da sala. Sua próxima etapa é descobrir se Berith foi realmente exterminado. Ele também precisa saber sobre Laila, pois largou-a na rua para ir atrás do padre. Ela não deixou seu endereço, muito menos um número de telefone. Mas ele imagina que não deve ser tão difícil encontrar uma garota numa moto com o perfil dela.

5

Pancadaria

COM AS MÃOS NOS BOLSOS, ele caminha pelas sombras. Vez ou outra chuta uma lata ou uma pequena pedra que encontra pelo caminho. Sente um aperto no coração. Um frio intenso percorre seu corpo. Sua vida é solitária, mas ele a escolheu assim. Gosta de ser solitário. Poderia ser como qualquer outra pessoa, ter uma família, um cachorro e um emprego comum, mas ele é um padre. E um caçador. Seu nome é Antônio Spadoni, um italiano que está no Brasil desde os sete anos de idade. Órfão de pai e mãe, viveu com os tios Giuseppe e Marieta até os quatorze anos, até cansar de ser espancado e de trabalhar para sustentá-los. Nas ruas, praticou pequenos delitos. Viu a maldade bem de perto e foi lá que conheceu o primeiro demônio que tentou convencê-lo a entrar realmente para o mundo do crime e do homicídio. Foi nas ruas que ele também descobriu que possuía um dom: o de enxergar coisas que os outros não veem.

Hoje, com cinquenta e dois anos de idade, ainda esbanja saúde. O corpo calejado pelas lutas mostra que ainda pode aguentar muitas batalhas contras as forças das trevas.

Ele cruza uma passeata. Jovens querem a redução da passagem e melhorias no transporte público, além de estarem cansados da corrupção e das falsas promessas dos políticos. Policiais atiram impiedosamente balas de borracha e spray de pimenta contra a população. Um pequeno grupo de desordeiros entra no meio da manifestação e quebram as fachadas das lojas, saqueiam as mercadorias, quebram os pontos de ônibus e atiram pedras na polícia, deixando-os ainda mais furiosos. Antônio enxerga dezenas de demônios infiltrados. São os desordeiros aliados de Lilith. Mas também existem demônios dentro da polícia. Ele abaixa a cabeça, pois hoje a luta não será sua. Está cansado. Sua mente está exausta. Precisa de tempo para pensar.

Resolve ir até o *Morrison Rock Bar*. Seu sobretudo preto cobrirá a batina. Esta noite ele passará como um gótico qualquer, isso se o seu instinto de caça permitir.

O local está cheio, mesmo assim ele enxerga a aura do pequeno grupo de demônios sentados à mesa com Rafael. Outros demônios estão na pista se deliciando ao som de um cover de Raul Seixas tocando a música *Eu Nasci Há Dez Mil Anos Atrás*. E, pelas contas de Antônio, os cinco que estão à mesa são os aliados do seu novo colega, os outros vinte e sete na pista, não.

Antônio se acomoda. Tem uma boa visão do ambiente. Rafael o nota assim que entrou.

Rafael se levanta. Verifica mais uma vez o local para ver se encontra Laila, em vão. Hora de ir ao banheiro. Antônio o segue.

– Você já sabe sobre os demônios na pista? – pergunta o padre.

– Sim, desde que entrei – Rafael lava o rosto, mas seu olhar está fixo na porta de um dos banheiros.

– E o que você vai fazer?

– Apenas esperar – neste momento alguém abre a porta do banheiro. Um demônio segue em sua direção. O caçador pensa em pegar o revólver que passou despercebido pelo segurança do bar, mas um disparo chamaria muito a atenção. Ele fecha os punhos e está pronto para a briga, mas Antônio acaba com a festa. Uma estaca benzida em água benta fora fincada nas costas do bicho.

Tudo rápido e sem barulho.

Os dois puxam o corpo para o banheiro e fecham a porta. Hora de sair do bar.

Baal, Paimon, Seth, Marchosias e Azazel os seguem. Os outros vinte e sete que estavam na pista também.

Todos pagam a conta para não chamar a atenção, com exceção de Paimon, que achou que a conta estava muito alta.

– Quem é o gerente deste bar? – pergunta Paimon com arrogância.

– Ele está atendendo outro cliente, mas posso tirar suas dúvidas.

Bom, verificando a sua conta, o senhor consumiu dezessete latas de cerveja, um Whisky Johnnie Walker Black Label, uma Amarula, um Long Drink Especial, uma porção de salame, uma porção de batatas fritas, uma porção de frango frito e uma porção de camarão. Além de que quebrou três copos e a perna de uma cadeira. Total: R$ 520,00.

– Eu não tenho esse dinheiro! – Paimon coça a cabeça.

– Se não pagar, terei que chamar a polícia, senhor.

– MAS EU NÃO TENHO ESSE DINHEIRO, PORRA! – Paimon fecha o punho direito e dá uma pancada no balcão, quase o partindo ao meio.

– Calma, senhor, por favor, controle-se – o atendente faz sinal com as mãos pedindo paz.

– Calma? Você não me conhece, você que pediu – Paimon o ergue do chão pelo colarinho.

Rafael e Antônio correm para controlar a situação.

– Calma, calma. Largue ele, Paimon – diz Rafael.

– Senhor, posso pagar a conta dele e também tudo o que ele quebrou. Vocês aceitam cartão de crédito? – pergunta o padre.

– Sim, aceitamos. Mas agora a conta é outra. O valor aumentou: são dezessete latas de cerveja, um Whisky Johnnie Walker Black Label, uma Amarula, um Long Drink Especial, uma porção de salame, uma porção de batatas fritas, uma porção de frango frito e uma porção de camarão. Três copos que o seu amigo quebrou, a perna de uma cadeira, um balcão e uma camisa nova que ele acabou de rasgar. Total: R$ 1.600,00, isso porque retirei os 10%.

Antônio aperta os lábios e dá um longo suspiro. Retira o cartão do bolso e entrega ao atendente. Tudo acertado: conta paga, atendente sorrindo e Paimon fora do bar com Rafael.

O padre caminha poucos metros da entrada do bar. Ele não gosta da sensação de estar sendo seguido por tantos demônios.

Rafael sente prazer e está pronto para uma boa briga.

Eles estão em sete: Rafael, Antônio, Azazel, Seth, Marchosias, Paimon e Baal. O grupo de demônios estão em vinte e sete.

Paimon quer descontar sua raiva em alguém e já está de punhos fechados pronto para quebrar. Rafael também está pronto. Antônio segura a bainha da espada que fora benzida pelo Papa João Paulo II, que está camuflada em suas costas. Os outros demônios estão prontos para a ação, sendo Azazel o primeiro a tomar a frente do grupo.

Laila chega acelerando sua moto. Desliga o motor e fica apenas observando.

Alguns seguranças e clientes do bar saem à porta.

Começa a garoar, mas não é uma garoa como qualquer outra. Esta é quente, como se um chuveiro imenso na temperatura quente estivesse sobre eles.

– Sinais... Este é um dos sinais de que Lilith está próxima, Rafael – diz o padre, com a palma da mão virada para cima.

– Mas cadê ela? – pergunta Rafael.

– Provavelmente neste bairro ou quem sabe até bem próxima de nós.

Paimon aproveita a distração e quebra o primeiro crânio de um dos demônios rivais. A luta tem início. Antônio retira a sua espada, afugentando os clientes e seguranças do bar. Ele decapita com agilidade um dos demônios e desmembra outro deles. Rafael pensa em usar a arma, mas preferiu, pelo menos desta vez, sair na mão mesmo. E não está se dando tão mal assim, mas isso não significa que não está levando uns bons socos e chutes. Azazel é um ótimo guerreiro e luta com quatro dos demônios. Seth, Baal e Marchosias também são ferozes guerreiros, mas nenhum se compara a Paimon, que já matou mais de oito dos demônios em poucos minutos de ação.

A luta não dura muito tempo.

Roupas rasgadas. Escoriações. Carros quebrados. Vinte e sete demônios mortos. Todos do grupo de Rafael estão vivos. O padre está sem nenhum arranhão, os cinco demônios idem. Rafael está com um olho roxo e algumas escoriações pelo corpo. Laila desce da sua moto e caminha rebolando até Rafael. Sua roupa está completamente molhada e grudada ao corpo devido à garoa. O padre faz olhar sério e diz quase sussurrando para Rafael ter cuidado com a moça. Ele pergunta o porquê. O padre não responde.

– Então você gosta de arruaças, Rafael? – pergunta Laila, brincando novamente com a língua nos lábios.

Rafael presta bem atenção nos lábios da moça e quase perde a concentração. Ele está ferido, mas Laila é a anestesia que precisava naquele momento.

Som de sirenes. Alguém acionou a polícia. Todos fogem. Os demônios entram no Maverick Vermelho, conduzido por Azazel, e desaparecem de vista em poucos segundos. O padre foge pelas sombras e some como num passe de mágica. E, desta vez, Rafael não vai na garupa da moto, ele mesmo a conduz, com Laila às suas costas.

6

Ah, Laila

RAFAEL CONDUZ A MOTO SEM medo pela Avenida Rebouças. Faz muito tempo que ele não conduz uma, mas as coisas não mudaram tanto assim. Laila pede para parar num estabelecimento de conveniência dentro de um posto de gasolina. Ele pede para ela ser rápida, pois a polícia está alerta com o que aconteceu na rua em frente ao Morrison Bar.

Ela desce da garupa e no meio do trajeto olha par trás para ver se Rafael está olhando. Ele está distraído contemplando a moto. Ela fecha a cara e continua sua trajetória marchando como um soldado.

Foram apenas três minutos.

Laila volta correndo com duas sacolas cheias. Ela pede para Rafael arrancar sem olhar para trás. Ele pergunta o que aconteceu. Ela explica que acabou de assaltar o estabelecimento de conveniência com seu revólver calibre 32. Os dois fogem na moto e chegam até a Avenida Consolação em segundos.

– Porra, agora eu sou seu cúmplice de assalto? Não sou ladrão, Laila. Caramba, por que você fez isso? Eu tenho dinheiro aqui, poderia comprar essas coisas para você – Rafael nunca se viu tão alterado e agora percebe porque o padre pediu para ter cuidado com a moça.

– É só para não perder o hábito, gato – diz Laila, completamente despreocupada, enquanto se equilibra na garupa da moto segurando uma sacola em cada uma das mãos.

– Desce da moto – manda Rafael.

– Esqueceu que a moto é minha, gato?

Rafael não responde, apenas freia bruscamente próximo à Rua Sete de Abril. Desce da moto e não se despede de Laila.

Depois de tantos anos sozinho, Rafael acha que o destino está lhe pregando uma peça. Ele encontra uma garota aparentemente perfeita, mas apenas na fisionomia, pois não passa de uma ladra barata. O caçador fecha os punhos e sente vontade de esmurrar alguém. Porém, mesmo sendo difícil, tenta se controlar e respira bem fundo.

Caminha vagarosamente. Sabe que, ao chegar em casa, os pensamentos irão longe e a dor será ainda pior. Transeuntes passam por ele e cada um deles parece zombar de sua infelicidade, ora com um olhar, ora com um simples sorriso. Os demônios estão por todos os lados e Lilith provavelmente tem um dedo nisso.

Rafael chega ao cortiço e, como sempre, passa despercebido entre os moradores e frequentadores do local, até perceber que alguém o aguarda parado em frente à sua porta.

– O que você quer? – pergunta Rafael para a prostituta de cabelos vermelhos.

– Eu só quero companhia... – diz a moça, olhando Rafael dos pés a cabeça.

– Só que eu dispenso esse tipo de companhia. Estou cansado e de saco cheio da vida.

– Mas não é companhia só para transar. Quero conversar, pô. Vocês homens acham que só porque sou garota de programa só penso em sexo e não tenho outras necessidades, como conversar? – a garota coloca a mão na cintura para falar e pela primeira vez Rafael nota que ela é muito sensual.

– Desculpe, hoje estou um pouco alterado. Qual é mesmo o seu nome?

– Lorraine – diz a garota, com um brilho no olhar.

Lorraine, além dos cabelos naturais no tom vermelho, possui olhos grandes, longos cílios, sobrancelhas grossas, sardas e rosto delicado. E para os padrões da mulher brasileira, ela é alta. Uma garota bem chamativa.

Rafael tenta imaginar quantos clientes essa mulher teria numa única noite, mas tenta apagar esse pensamento e a convida para entrar em seu pequeno quarto.

– Huuum. Já tinha visto aqui dentro de relance, mas não tinha reparado nos detalhes... Quanta coisa você tem nas paredes... – Lorraine coloca a mão em uma das várias estátuas de anjos. Rafael adverte:

– Por favor, não toque em nada.

– Nem em você?

– Você não disse que queria apenas conversar?

– Sim, mas aqui dentro, só eu e você, mudei de opinião – a garota senta na cama de Rafael e cruza as pernas.

Apesar de Rafael ter suas necessidades, ele ainda está arrasado com Laila. E nada o fará mudar, não da noite para o dia. Resolve ligar a sua antiga televisão de tubo para ouvir as manchetes.

> Uma nova onda de crimes aconteceu hoje na região de Pinheiros, em São Paulo. Vinte e sete homens foram mortos por motivos desconhecidos. Seguranças de um bar afirmaram se tratar de uma briga de gangues. A polícia investiga o caso, que pode ter ligação com as recentes mortes de oito homens na Avenida Paulista.
>
> E os protestos em várias regiões de São Paulo continuam: três ônibus foram queimados no centro da cidade e várias lojas foram saqueadas. Ruas foram fechadas pelos manifestantes. Pessoas pediam paz quando o batalhão de choque da polícia militar chegou e deu vários disparos de balas de borracha e bombas de efeito moral. Vários jornalistas foram feridos, além de pedestres que retornavam para suas casas.

– Lilith... Só pode ser ela a causadora de todo esse caos. Já vi alguns poucos protestos, mas nunca tão violentos – desabafa Rafael.

– Lilith? Quem é Lilith? – pergunta Lorraine.

– Ninguém... É melhor você esquecer esse nome.

Lorraine segura o braço de Rafael e ele sente um calor imenso tomar o seu corpo. Ela fala coisas em seu ouvido. Coisas que mulheres apaixonadas falam. O caçador sente-se dominado pela garota e não consegue reagir. Ela o joga na cama e se deita sobre ele. Rafael não consegue pensar em outra coisa a não ser naquela mulher. Ela retira as duas armas que ele ainda guarda e as coloca sobre a cômoda. Algumas balas benzidas em água benta caem dos seus bolsos. Lorraine prende seus braços e lambe seu pescoço. Ele sente um arrepio, além do perfume enjoativo que seus cabelos exalam. E apesar de ser mais forte que ela, é ela quem domina a situação. Ele tenta lutar, mas seus músculos enrijecidos estão travados, como se estivessem congelados. Rafael nunca sentira isso, nem com Laila, nem com outras mulheres. Lorraine tinha um dom especial, mas ele não sabia se isso era bom ou ruim, especialmente para os homens que estiveram embaixo dela, pois ela poderia fazer qualquer coisa que quisesse, até mesmo matá-lo – isso se ele pudesse morrer.

Alguém bate três vezes na porta. Rafael, que estava quase em transe, toma consciência e consegue se livrar de Lorraine – não que isso seja bom. Na realidade, ele não sabia dizer se foi ruim ou não se livrar daquela garota.

Ele ajeita as calças, calça os sapatos e tem uma surpresa ao atender a porta.

– Oi. Vamos conversar? – diz Laila, mostrando arrependimento ou fingindo mostrar.

– É você? Não quero saber de conversa, pois sei muito bem no que isso vai dar e não quero fazer nada hoje. Prefiro esfriar a cabeça e pensar bem no que farei referente à nossa relação – Rafael passa a mão na barba enquanto fala.

Laila fica nas pontas dos pés e abraça Rafael, mas quando nota que ele não está só a coisa muda completamente.

– Então é isso, você não está sozinho, não é? Mal me deu as costas e já está transando com uma vagabunda? – Laila dá um tapa no rosto de Rafael.

E realmente o destino lhe prega peças. Ele sempre foi sozinho, mas hoje está com duas garotas em seu quarto. Uma completamente enraivecida, outra dominadora. Ele tenta raciocinar sobre os fatos, mas a tensão não deixa. Empurra Laila para fora e pede para Lorraine também sair. Ela insiste em ficar, mas desta vez ele não lhe dá atenção.

– Até que você tem bom gosto para escolher mulheres – diz Laila olhando fixamente para Lorraine.

– Ah, Laila – Rafael não quer saber mais de conversa e bate a porta. E para ter certeza que elas não voltarão, passa a chave na fechadura.

Quer paz. Pelo menos nesta noite.

Pouquíssimas vezes em sua vida sentiu tanto sono, mas agora precisa dormir; está completamente exausto.

7

Caos

RAFAEL ACORDA MOLHADO PELO SUOR e com as roupas amarrotadas. Ele teve o pior dos seus pesadelos: o fatídico encontro com Lilith. E tudo pareceu tão real, os olhos dela pareciam tão verdadeiros, que ele dificilmente conseguiria diferenciar pesadelo de realidade. Ela possuía dois caninos pontiagudos. Sua pele tinha um tom diferente, assim como do seu filho, Caim. Seus longos cabelos exalavam morte. Seu caminhar era diferente, era como se flutuasse. Cada um dos seus passos pareciam ser calculados para seduzir. E apesar disso, ela tinha algo que despertava seu instinto masculino. Era como se ela fosse a mais poderosa e sedutora das mulheres.

Ele se levanta e vai até a mesa conferir se ainda há café no bule. A bebida está fria e sem açúcar, mas Rafael não liga e bebe todo o conteúdo no gargalo.

Sua mão quase que instintivamente liga a televisão.

CANAL 5

NOVAS ONDAS DE PROTESTOS ACONTECEM NO PAÍS. A VIOLÊNCIA TOMA CONTA DAS RUAS. MONUMENTOS HISTÓRICOS SÃO DEPREDADOS. CENTENAS DE LOJAS SAQUEADAS. PONTOS DE ÔNIBUS SÃO DESTRUÍDOS E RUAS SÃO FECHADAS. A PRESIDENTE ANUNCIOU QUE FARÁ UM DEPOIMENTO SOBRE AS ONDAS DE PROTESTOS AINDA ESTA NOITE.

Rafael muda de canal.

CANAL 4

...TRÊS PESSOAS FICARAM FERIDAS ENTRE OS MANIFESTANTES. DOIS POLICIAIS ESTÃO FERIDOS E ONZE PESSOAS FORAM PRESAS. A ONDA DE PROTESTOS NO...

Sua mão não para de girar o seletor de canais.

CANAL 7

"ISSO NÃO É UMA PASSEATA, É UMA SAQUEASTA", DIZ O PROFESSOR VALDERLANDIO RODRIGUES BARTIELLO.

CANAL 11

E MAIS UMA VEZ CHOVE EM SÃO PAULO, MAS A ÁGUA NÃO É FRIA, É QUENTE. ESPECIALISTAS DESCONHECEM TAL FENÔMENO. ONTEM O CÉU ESTAVA LIMPO, ENTRETANTO O SOL EMITIU RAIOS FRIOS E A TEMPERATURA VARIOU DE 2 °C A 5 °C, OUTRO FENÔMENO DESCONHECIDO. RELIGIOSOS AFIRMAM QUE ESTES SÃO SINAIS DE QUE O FIM DO MUNDO ESTÁ PRÓXIMO.

Alguém bate à porta. Rafael pega sua arma e só depois lembra que pode ser Laila ou Lorraine. Não importa, por via das dúvidas está precavido.

Porta aberta.

– Como estão as coisas, Rafael? – diz Azazel ao lado de Paimon. Eles não ultrapassam a linha de sal no chão.

– Ruins, como sempre. Bom, não os convidarei para entrar.

– Só viemos dizer que temos informações de Samael. Ele disse que Lilith não está mais no inferno. E como o tempo lá é diferente daqui, pode ser que ela esteja caminhando na Terra há muito tempo.

– Isso não é novidade. Pressinto que ela está aqui. Os sinais e o caos em São Paulo, isso não pode ser outra coisa. E irá daqui pra pior – Rafael guarda a arma.

– Bom, estaremos sempre rondando nos arredores. Seth, Marchosias e Baal estão investigando o paradeiro da Lilith. E acredito que logo a encontraremos. Ela não conseguirá ficar escondida por muito tempo.

Os demônios vão embora. Rafael se prepara para caçar demônios nas manifestações em São Paulo. Ele passa pelo corredor do cortiço, totalmente vazio; todos daquele lugar dormem de dia e trabalham à noite. No entanto, alguém o aguarda: padre Antônio Spadoni, que parece aflito.

– O que aconteceu, padre?

– Uma coisa terrível, Rafael. A pior que poderia acontecer – Antônio passa a mão em seus cabelos curtos e grisalhos.

– Lilith?

– Não. A arma que lhe mostrei na igreja. A lança com a cruz de Malta. O único artefato ao nosso alcance capaz de destruir Lilith. Ela foi roubada.

– Mas quem iria querer uma lança dessas? Você tem ideia de quem poderia tê-la roubado?

– Caçadores de relíquias ou mesmo demônios aliados de Lilith. O grupo de demônios que agora são seus aliados, desconfio deles também, pois demônio é demônio, isso não mudará nunca.

– Você pode ter razão, padre, mas o propósito deles é outro, se bem que não sei até que ponto são fiéis a Samael, já que todos traíram um dia o próprio Deus.

– Você sabe onde eles ficam entocados, Rafael?

– Não, sei. Mas não deve ser tão difícil segui-los. Paimon é lento e fácil de rastrear.

– Então faremos isso amanhã à noite, depois da sua reunião noturna com o grupo. Estarei próximo, num Fiat 500, vermelho.

– Combinado... Padre, você aceita caçar comigo alguns demônios nas manifestações?

– Depois do que passei hoje pela manhã ao ver que a lança tinha sido roubada durante a noite, isso é música para os meus ouvidos.

Rafael e Antônio se infiltram nas manifestações em São Paulo. Rafael vai pelo instinto, Antônio pela aura. E não é difícil perceber um grupo de demônios no meio daquela multidão. Rafael tira discretamente sua arma, mas Antônio pede para guardá-la; os disparos chamariam a atenção da polícia e o caos seria instaurado. Ele preferiu usar sua antiga adaga de prata e, sozinho, eliminou um a um todos daquele pequeno grupo infernal. Rafael apenas observa, louco para também agir, e não consegue distinguir o padre do ninja ou vice-versa. Logo, a polícia e os repórteres percebem os corpos caídos no chão. Outros demônios chegam para vingar a morte dos seus comparsas. Para não chamar atenção, os caçadores saem de cena, mas levam para interrogatório um demônio; após amarrarem-no e amordaçá-lo, eles o colocam no bagageiro do Fiat 500 de padre Antônio.

Após o instalarem numa das inúmeras salas da igreja, tiram-lhe a mordaça, mas ainda o deixam amarrado.

– Qual o seu nome? – pergunta o padre, pressionando um crucifixo na testa do demônio.

– E isso faz diferença? Pra vocês caçadores, demônio é demônio, não é? – o demônio tem uma maneira de falar que poderia assustar qualquer um, menos os dois humanos que estão naquela sala. Sua voz rouquenha mostra que não pertence ao corpo. Seus movimentos gesticulares parecem estar em conflito, como se o corpo rejeitasse o espírito que o possui.

– É, você não se deu muito bem com esse corpo, não é? – pergunta Rafael.

– Esse desgraçado, apesar de ter entrado para o mundo do crime, teve suas virtudes. E por ter feito boas ações, na balança do limbo sua alma não foi para o inferno. E dói muito possuir seu corpo... Porra, digam logo o que querem, isso está ardendo... – o demônio se contorce.

– Pensei que já estava acostumado com a dor, demônio, mas essa deve ser ainda pior. Bom, poderemos livrá-lo disso, caso diga o que queremos, ou ficará nesse corpo por muito tempo, quem sabe até meses. E se recusar a se alimentar, poderemos fazer isso através de sondas – o padre levanta uma cortina e mostra muitos aparelhos, macas, objetos de tortura e outros apetrechos que usa desde que iniciou no combate contra as forças das trevas.

Rafael gosta do que vê. O padre Antônio Spadoni, apesar de ser mortal e possuir o dom de enxergar auras, é um excelente guerreiro neste combate. Ele começa a sentir respeito e orgulho por aquele homem.

– O que vocês querem saber? Sobre Lilith? Sobre nossas infiltrações no governo? Sobre nossas próximas ações? – o demônio começa a sangrar pela boca, sinal que logo os caçadores o perderão.

– Fale primeiro sobre Lilith. Cadê a cadela, onde ela está? – pergunta o padre, enquanto aplica soro na veia do demônio.

– Padre, você não devia usar esse linguajar – o demônio dá uma breve gargalhada, para depois urrar de dor. – Ela está na Terra já faz um bom tempo. Faz meses que ela caminha disfarçada entre vocês, apenas... apenas... – o demônio dá uma pausa para cuspir sangue no chão —, apenas para observá-los e para conhecer seus pontos fracos. Agora ela começou a agir e o caos que está acontecendo não é nada perto do que ela pretende fazer. Ela quer levá-los à loucura. O mundo sucumbirá a seus pés e ela será a rainha dessa terra, e o Brasil será o início de tudo.

– Mas ela está escondida? Está disfarçada? – pergunta Rafael, jogando um copo de água fria no rosto do demônio.

– Não, não... Ela não está escondida, está bem entre vocês... – o demônio gargalha até engasgar.

– Mas quem é ela, afinal? – pergunta o padre, irritado.

– Descubra você mesmo, padre Antônio Spadoni – desta vez o demônio demonstra seriedade e encara o padre.

– Pois bem, você que pediu – o padre pega uma maleta cheia de amuletos, crucifixos, uma estaca, um revólver 38 e uma pequena e aparentemente antiga garrafa de vidro. Logo em seguida, segurando a garrafa com a mão esquerda, ele pede para Rafael segurar a mandíbula do demônio, deixando a sua boca aberta. O conteúdo do recipiente é derramado e o demônio o engole.

– NÃO... PARA COM ISSO, SEU PADRE DESGRAÇADO! VOU REVELAR TUDO O QUE SEI SOBRE VOCÊ E SUA AMANTE – a voz do demônio muda de tom constantemente, parecendo ser várias pessoas pronunciando palavras ao mesmo tempo.

– Suas ameaças não surtirão efeito contra mim, demônio – o

padre faz o demônio beber o restante da água benta, depois olha para Rafael, mostrando certa preocupação no que o demônio poderá revelar.

Rafael sabe que padres são humanos como qualquer outra pessoa e que estão sujeitos ao erro. Padre Antônio Spadoni pode ter realmente uma amante, mas isso é problema somente dele.

– FALE SOBRE A SUA AMANTE, MARIA, PADRE, ESPOSA DE UM DOS SEUS MELHORES AMIGOS. FALE O QUE VOCÊS FAZEM QUANDO O MARIDO DELA ESTÁ TRABALHANDO – o padre, apesar de tentar mostrar tranquilidade, está nervoso e começa a demonstrar os sinais através do seu suor. – EU POSSO REVELAR MUITO MAIS SOBRE VOCÊ, COISAS QUE NÃO O DIFEREM DE QUALQUER OUTRA PESSOA. LEMBRA QUANDO VOCÊ...

Bang.

Rafael dá um disparo no peito do demônio com o revólver calibre 38 do padre. Respingos de sangue atingem o rosto e a batina de Antônio. A bala, além de ter sido benzida, também era de prata. O espírito maligno abandonou o corpo e foi diretamente para o inferno, lugar de onde nunca deveria ter saído.

– Deveríamos ter esperado um pouco mais... Quem sabe ele não falaria sobre o paradeiro da lança com a cruz de Malta? – lamenta Antônio, enquanto limpa com um lenço o rosto sujo de sangue.

– Acredito que ele não, padre. Disse que Lilith já está entre nós, mas não deu detalhes. Ela pode se disfarçar, ser qualquer pessoa, assim como o seu filho Caim fazia – Rafael desamarra o corpo e o deixa no chão. Ele se prepara para colocá-lo num saco de lixo.

– Pelo que já estudei sobre Lilith, ela não se passará por homem, mas por mulher mesmo. Apesar de tudo, ela é feminista, a primeira das mulheres, mas pode sim mudar sua fisionomia... Você conheceu alguma mulher recentemente, não foi? – o padre ajuda Rafael a ensacar o corpo enquanto faz a pergunta.

– Sim, mas duvido muito que ela se passe pela Laila.

– Por quê?

– Não sei. Na verdade, isso nem me passou pela cabeça. Mas ela parece ser bem humana... Não, não, definitivamente, Laila não pode ser Lilith.

– Desconfie de qualquer um, Rafael, principalmente agora.

– E você, já passou pela sua cabeça que a Lilith pode se passar por Maria, sua amante?

O padre para o que está fazendo e olha sério para Rafael.

– Você não sabe quem é a Maria. Eu a conheço desde a juventude, dos tempos em que fui morador de rua. E por favor, não ouse mais falar o nome dela – o padre continua a ajeitar o defunto, para depois dar um nó nas pontas do saco. – Bom, acho que agora quero ficar um pouco sozinho. E pode deixar que me livro desse corpo.

Rafael dá as costas para o padre e não se despede. Ele sabe que errou ao tocar no nome de Maria, assim como o padre ao tocar no nome de Laila. De qualquer forma, ele não estava completamente enganado, já que Lilith pode ser qualquer mulher e quando desejar.

De fato, Rafael passou a tarde inteira pensando no assunto e teve uma solução para conferir se Laila é realmente uma simples e bela mortal: fazer com que ela passe em frente ao espelho mágico do padre Antônio Spadoni.

8

Em busca da Lança Sagrada

RAFAEL ACABOU SUA REUNIÃO NOTURNA com o grupo de demônios em uma praça da região de Pinheiros. Padre Antônio Spadoni estava de tocaia dentro do seu *Cinquecento*. Experiente, Rafael o notou desde que ele chegou, mas não deixou brechas para que os demônios também o notassem. Ele aguarda os demônios entrarem no Maverick de Azazel e corre até o carro do padre.

– Tudo bem, padre? Acelera, não podemos perdê-los de vista – Rafael entra no carro e ajeita o cinto de segurança.

Padre Antônio Spadoni não pronuncia uma só palavra, provavelmente ainda chateado com o acontecimento do dia anterior. Mesmo assim, não desgruda os olhos do Maverick e segue-o com afinco, numa distância que não deixa os demônios perceberem que estão acompanhados.

Eles seguem no sentido da Zona Sul da cidade. Entram na região de Campo Limpo e seguem por algumas ruas, até parar em frente a um sobrado. Azazel aciona o portão automático e estaciona o Maverick ao lado de outros dois carros. Padre Antônio, no início da rua, apaga as luzes do seu veículo e aguarda com Rafael até a movimentação dos demônios cessarem.

Dois ágeis vultos pulam o portão. Ambos estão mascarados. Rafael tenta ajudar o padre a abrir a porta principal da casa com a sua chave mestra, mas ele já possuía uma.

A porta é aberta sem nenhum ruído.

Apesar de serem cinco demônios residentes naquela casa, os

corpos que possuem são de humanos e, por isso, precisam descansar. Todos estão dormindo, menos Seth, que lê um exemplar da extinta revista em quadrinhos *Manticore*, o que durou cerca de cinco minutos, até o demônio dormir com a revista aberta sobre o rosto.

Rafael e Antônio fazem um pente fino em todos os cômodos. Encontram drogas, celulares, computadores, revistas masculinas e inúmeros outros objetos, menos a lança capaz de eliminar Lilith. Então Antônio é ainda mais ousado: apanha as chaves dos três carros que estavam sobre uma cômoda no quarto de Azazel, desce até a garagem e, com Rafael, confere, um a um, os bagageiros e os interiores dos veículos. A lança não estava lá. Porém, para surpresa de ambos, uma enorme sombra surge na porta da entrada. Paimon está acordado, de pé, estático e com os punhos fechados.

Seria uma boa briga, mas Antônio e Rafael não querem levantar suspeitas, muito menos acordar os outros quatro demônios e enfrentá-los. E como Paimon não é nem um pouco ágil, é fácil para os dois pularem o portão e correrem até o carro, tempo para o demônio alertar seus parceiros, mas também tarde demais; a essa altura, os caçadores já estavam bem longe dali.

Ambos retiram as máscaras. Antônio está desapontado, pois esperava encontrar a lança com os demônios.

– Deus, cadê essa lança... – Antônio bate as mãos no volante.

– Pode ter sido qualquer um, padre. Caçadores de relíquias, ladrões, outros demônios e quem sabe até a própria Lilith.

– E como ela saberia sobre a lança?

– Não sei... Ela pode tê-lo seguido e acabou descobrindo o artefato, sei lá, são muitas possibilidades.

Os caçadores sentem um calor intenso. Eles visualizam fogo em várias partes e em ruas diferentes. Dois carros de bombeiro passam por eles. Pessoas desesperadas correm para a rua e atrapalham o trânsito. Carros batem um atrás do outro.

– A coisa está começando a sair do controle, Rafael. Lilith fará da Terra o próprio inferno – lamenta o padre.

– Posso ligar o rádio? – pergunta Rafael, já com os dedos no botão do aparelho.

– Claro, Rafael – o padre demonstra cansaço, mas não físico, e sim mental.

Enquanto isso, Rafael sintoniza o rádio em um canal de notícias.

... E A POPULAÇÃO DE VÁRIAS REGIÕES DO PAÍS ESTÃO SOFRENDO COM O FOGO QUE NÃO PARA DE SE ALASTRAR. VÁRIAS FAVELAS FORAM INCENDIADAS POR BOLAS DE FOGO QUE CAÍRAM DO CÉU. PESSOAS ASSEGURAM TER VISTO CARROS INCENDIANDO-SE SEM MOTIVO APARENTE. UM ESPECIALISTA EM PARANORMALIDADES AFIRMA SER UM FENÔMENO DE COMBUSTÃO ESPONTÂNEA. AO MESMO TEMPO, RELIGIOSOS GARANTEM QUE ESTES SÃO SINAIS QUE O FIM DO MUNDO SE APROXIMA. JÁ OS BUDISTAS ANUNCIAM QUE ALGO PIOR ESTÁ POR VIR.

E ACABAMOS DE RECEBER AQUI A NOTÍCIA QUE VÁRIAS REGIÕES EM OUTROS PAÍSES, COMO MÉXICO, ESTADOS UNIDOS, PARAGUAI E ARGENTINA, TAMBÉM ESTÃO COM O MESMO PROBLEMA DO BRASIL. PAÍSES DO MUNDO INTEIRO ESTÃO EM ALERTA E OFERECEM SOLIDARIEDADE AOS PAÍSES ATINGIDOS. MAIS NOTÍCIAS DENTRO DE ALGUNS MINUTOS.

Um carro pegando fogo passa desgovernado próximo ao Fiat 500 onde se encontram os caçadores. O padre freia bruscamente. O veículo em chamas entra num posto de gasolina e bate numa das bombas de combustível. Antônio acelera e consegue escapar da grande explosão, mas o incidente mata inúmeras pessoas.

– Lilith deve estar sorrindo neste momento. Desgraçada – resmunga o padre.

– E agora, padre, pra onde nós iremos? – pergunta Rafael.

– Pra casa paroquial, lá estaremos seguros.

E antes de irem até lá, eles passam no confessionário da igreja, empurram a parede falsa e se abastecem com armas. Rafael queria ficar somente com as suas duas pistolas, mas foi convencido pelo padre a pegar sua antiga adaga de prata. Quanto mais armas nesta luta, melhor, ele diz.

Enquanto Spadoni escolhe mais armas, Rafael ouve uma mulher chorando na entrada da igreja. Ele vai até lá e a reconhece.

– Lorraine, o que faz aqui?

– Rafael, algo terrível aconteceu no cortiço... Saí com um cliente e quando voltei vi vários corpos cobertos de sangue no chão. Foi difícil passar pelo corredor e... quando fui chamar minhas amigas... todas estavam degoladas... Deus, quem faria uma atrocidade dessas? – Lorraine entra em desespero e chora descontroladamente.

– Se quiser você pode ficar conosco na casa paroquial. Lá estaremos mais protegidos – diz Rafael, conferindo a munição de uma de suas armas. Spadoni ouve a conversa.

– Acho melhor, não, Rafael. A melhor coisa a fazer é acionarmos a polícia para que ela dê o seu relato – diz o padre com seriedade.

– Não, não... Não quero saber de polícia – Lorraine sai correndo. Rafael tenta ir atrás, mas é segurado pelo padre.

– Fique aqui, Rafael. É o melhor que você pode fazer. Vamos nos preparar para o pior.

– Não, não posso ficar parado aqui e ver o que está acontecendo lá fora. Meus vizinhos, apesar de não serem pessoas muito corretas, foram mortos. Preciso voltar para casa e pegar minhas coisas. Lá vou pensar no que fazer. Mas antes de ir, padre, gostaria, por favor, que você me emprestasse o tal espelho mágico.

O padre tenta imaginar o que Rafael irá fazer com o espelho, mas não faz perguntas.

Rafael deixa a igreja com o espelho embrulhado em um pano. Antônio Spadoni senta num dos seus inúmeros bancos, mas se levanta logo em seguida; também não pode ficar parado. Precisa matar demônios e encontrar o único artefato capaz de expulsar Lilith da Terra: a lança com a cruz de Malta.

9

Surpresas

ANTÔNIO SPADONI NUNCA SAIU PARA caçar demônios trajando apenas a sua batina, mas desta vez está com ela. O corpo esbelto demonstra ansiedade ao caminhar. Está com pressa. Precisa encontrar logo a lança. Precisa trucidar demônios. Precisa se esquecer da loucura e da solidão que é a sua vida. Ele se lembra de Maria, sua paixão desde a infância, e recorda de quando a perdeu para seu melhor amigo. Sente um aperto no coração, mas sabe que não pode desfazer o que já foi feito. Passa próximo às casas em chamas. Sua pele e seus olhos ardem, mas não se importa com isso. Spadoni está determinado e se for preciso morrerá tentando alcançar seus objetivos. E seu objetivo principal é livrar os habitantes da Terra das garras das forças do mal.

Ele entra em um bar. Pessoas desviam o olhar de seus copos para as vestes daquele homem grisalho e imaginam o que um padre faria ali naquele lugar imundo e infestado de bêbados e marginais. O padre não se intimida, averigua rapidamente o local, puxa uma cadeira e senta numa grande mesa repleta de demônios.

O barman pergunta se o padre vai querer beber algo. Ele pede a bebida mais forte da casa. Os demônios sorriem e zombam daquele velho homem.

– Cansou de fazer o bem e veio encher a cara com a gente, padreco? – pergunta um deles.

– Eu sei quem você é, demônio. E se tem algum velho aqui é você, que tem milênios nas costas – diz o padre com ferocidade, para depois beber do líquido ardente num único gole.

– Quem é você, desgraçado? – pergunta o demônio.

– Você deve ter ouvido falar do padre Antônio Spadoni, aquele que já matou centenas de demônios – o padre não os encara, mas presta atenção aos movimentos daqueles seres imundos.

Todos se levantam das cadeiras surpresos, temendo por suas vidas; é claro que já ouviram falar do padre. Ele, o caçador, levanta apenas o dedo indicador da mão direita e faz uma pergunta direta:

– Onde está a minha lança?

– Que raio de lança, padreco? Fala logo o que você quer – diz o mais corajoso do grupo.

Spadoni se levanta. Quando está próximo do demônio que fez a pergunta, golpeia-o no pescoço como um relâmpago. Segura em seus cabelos e bate a sua cabeça na mesa inúmeras vezes. Retira seu punhal de prata e golpeia o demônio que cai desfalecido. Os outros demônios se afastam, mas um deles resolve ir para cima do padre e o morde no braço com tanta violência que consegue arrancar um pedaço de sua carne. O padre mostra que as décadas deram-lhe um grandioso presente: a experiência em lidar com seres fortes e repugnantes, vermes do inferno. Mesmo ferido, ele quebra os dois braços do demônio e o faz beber da água benta que trouxe numa pequena garrafa em seu bolso.

– Vou perguntar mais uma vez, demônios. Cadê a minha lança? – o padre afugenta os clientes do bar. O dono do estabelecimento aparece com uma espingarda e aponta para a cabeça de Spadoni.

– Sai daqui, desgraçado. Por que está afugentando meus clientes? A coisa tá feia lá fora, mas não posso deixar de ganhar dinheiro. Sai daqui senão estouro os seus miolos – o homem cospe as palavras.

Spadoni segura no cano da arma e a encosta em sua própria cabeça.

– Atira, será um favor que você estará fazendo para mim. Mas atira logo, caso contrário quebrarei a sua cara e destruirei todo esse maldito bar.

O homem arregala os olhos e sua frio; jamais imaginara que o padre falaria isso. Ele abaixa a arma e leva um soco no nariz com tanta força que desmaia imediatamente. Antônio pega a espingarda, sobe na mesa e dispara nas garrafas que estavam sobre as prateleiras. Outros demônios na rua ficam sabendo da confusão e entram no bar.

O local está infestado deles. São mais de cinquenta contra um.

Este pode ser o fim de Antônio Spadoni. E para ele será um bom fim.

Ele joga a espingarda no chão, retira sua espada das costas e se prepara para a luta. Os demônios mais corajosos que se aproximam são desmembrados ou decapitados. Um deles atira uma garrafa e atinge a cabeça do caçador. Ele cambaleia e cai da mesa, brecha adequada para vários demônios atacarem. Sua cabeça está sangrando e sua visão está turva. Mesmo assim, tenta se levantar, mas é golpeado inúmeras vezes nas pernas e costelas. Sua espada cai das mãos, algo que nunca acontecera.

Este será o seu fim.

Exceto por uma figura enorme que surgiu na porta do bar. Ele poderia ser o seu anjo salvador, mas é um demônio.

Paimon observa o movimento e visualiza a roda de demônios em torno de Spadoni. E com um único braço abre caminho até chegar ao padre.

– Você? – diz o padre, apenas com um dos olhos aberto.

O demônio segura no calcanhar do homem caído e, enquanto o arrasta para fora do lugar, derruba metade dos demônios que estavam ali. Azazel aguardava com a porta do Maverick aberta. Paimon apenas joga o padre no banco traseiro e logo depois saem cantando os pneus.

– Ele está bem ferido, Azazel – diz Paimon segurando a cabeça do padre.

– Esse homem é forte, Paimon. Este certamente não será o seu fim. O homem lá em cima deve ter escrito a morte dele de outra maneira, mas não desta.

Azazel pega a contramão e desvia da multidão nas ruas, completamente despreocupado com a polícia, que não está dando conta de atender tantas ocorrências.

Os demônios param em frente à casa paroquial e largam o padre na porta. Precisam sair e ir ao encontro de Rafael.

Spadoni, apesar de zonzo, está acordado e quase consciente. Ele estica vagarosamente a mão e nota que algo estranho está acontecendo: neve. Sim, está nevando, logo ali, em São Paulo. As coisas mais impossíveis estão acontecendo. Na fachada da igreja, o padre vê a imagem de Jesus Cristo crucificado. A dor que sente nem sequer chega aos pés da que Ele sentiu naquela cruz. Mesmo assim, fica surpreso por ter aguentado tanta pancada. Spadoni usa suas últimas forças e se arrasta até a casa paroquial. Lá poderá se aproveitar dos seus métodos para se recuperar rapidamente.

Enquanto isso, Rafael chega ao cortiço. Ele nota que os corpos que Lorraine descreveu não estão mais lá e sim amontoados no lixão da rua. No entanto, os sinais da violência no local ainda são bem visíveis: sangue e móveis quebrados para todos os lados. A polícia certamente não aparecerá tão cedo para averiguar o caso. Se aparecer.

A neve começa a camuflar os vestígios da violência. Rafael entra no corredor e vai até seu quarto. Pendura o espelho mágico na parede e vê mais uma vez sua real aparência: velho, como deveria ser. Pega mais munição na geladeira, além de um pequeno crucifixo empoeirado que estava em cima da cômoda. Coloca-o embaixo do travesseiro.

Apesar de Rafael estar no século XXI, ele não curte a modernidade. Mas hoje precisará usufruir dela. Ele retira um papel amassado do bolso; nele está escrito o número do telefone celular de Laila. Ele pensa nas fichas telefônicas, mas logo em seguida lembra que elas não existem mais, foram extintas, agora são cartões telefônicos. O problema é que ele não tem um deles, então resolve invadir os quartos à procura de um celular, tomando todos os cuidados possíveis para não deixar digitais, caso contrário poderá estar associado com os assassinatos.

Já no primeiro quarto encontra facilmente três celulares, provavelmente frutos de roubos. Rafael tenta usar um, mas estava com a bateria descarregada. O segundo estava bloqueado, mas o terceiro deu certo. Ele aguardou Laila atender a ligação.

– Pois, não?

– Laila?

– E quem mais poderia ser, você não ligou pra mim?

– Você sabe quem está falando?

– Não, mas deve ser algum idiota.

– Sou eu, Laila, Rafael Monte Cerquillo – ele ouve uma pausa do outro lado da linha.

– O que você quer, Rafael?

– Queria conversar com você sobre o que aconteceu naquele dia.

– Pô, Rafa, foi só umas coisinhas que peguei lá na lojinha de conveniência, isso não vai nem fazer falta pra eles.

– Roubo é roubo, não importa se foi muito ou pouco o que você roubou. Mas não quero discutir isso com você por telefone. Tem como vir aqui no cortiço?

– Cara, está nevando e não sei que merda é essa. É a primeira vez que vejo neve na minha vida e há poucas horas estava um calor infernal e quase tudo na rua estava pegando fogo – ela suspira, mas acaba concordando. – Ok, beleza. Se não conseguir chegar de moto, pego uma carona.

– Ok, vou esperar no meu quarto.

Rafael desliga o celular e o joga bem longe dali. Sente saudades de Laila, mas o real motivo da sua ligação foi trazê-la até ao seu quarto para tirar a dúvida se ela é ou não Lilith. O espelho bem posicionado está de frente para a cama. Ele tira a camisa e se acomoda entre os lençóis. Um revólver está embaixo do lençol, outro na gaveta da cômoda.

Minutos passam, mas não muitos. Ele deixou a porta entreaberta.

– Rafael? – pergunta Laila abrindo a porta.

– Entra, Laila, estou na cama – Rafael está com o dedo no gatilho. Seu coração parece que vai sair da boca. São segundos angustiantes.

Ela caminha e está cada vez mais próxima do espelho. Se ela for realmente Lilith, os sonhos de uma vida nova com uma garota irão por água abaixo. Rafael teria sido usado por um demônio bíblico capaz de qualquer atrocidade. Mas antes de continuar com seus pensamentos negativos, ele aguarda o fatídico momento.

Arma pronta para disparar. Ela passa em frente ao espelho. E o que vem a seguir é uma surpresa e tanto. As coisas na vida de Rafael geralmente não dão certo e sempre o pior acontece. Mesmo lutando para pensar que Laila não seja Lilith, no fundo ele acredita que ela seja, mas Laila é Laila, e nada mais. Apenas uma jovem garota, ladra e um pouco maluca. Apenas seu reflexo aparece naquele espelho macabro.

Rafael sorri e agradece a Deus por este bom momento.

– Nossa, esta é uma das poucas vezes em que te vi sorrindo. O que foi? – Laila senta na cama e acaricia Rafael, mas ela sente que tem algo a mais embaixo daquele lençol. – Porra, que merda de arma é essa, Rafael? – o doce momento se transforma.

– Não é para você, Laila. Pô, muita coisa está acontecendo lá fora, sempre tenho que estar preparado para o pior – Rafael não consegue disfarçar a mentira.

– Merda, só porque assaltei uma simples lojinha você acha que farei alguma coisa contra você? Fique você sabendo que já assaltei até banco e já explodi inúmeros caixas eletrônicos. E se você é policial, tente me pegar, desgraçado – Laila tira a sua arma, um revólver calibre 32, e aponta para as partes íntimas de Rafael. – Mexe um milímetro dessa cama que você nunca mais irá usar isso com outra mulher – enquanto Laila aponta o revólver, ela vai andando de costas até sair pela porta.

Rafael sabe que poderá inverter o caso, mas não fará isso neste momento. Existem outras prioridades. Ele veste a camisa e coloca sua jaqueta de couro, pega as armas e sai do cortiço. O grupo de demônios o aguarda dentro do Maverick.

– Rafael, temos notícias de que Lilith realmente deve estar neste bairro, mas não conseguimos identificá-la. Ela é a rainha dos disfarces e pode ser qualquer mulher. Acredito que nem o seu amigo padre conseguirá descobri-la. Ela só será identificada se quiser, e até na igreja poderá entrar, mesmo sem ser convidada. Nem rastro de sal nas portas funcionam com ela. E se você... – sons ensurdecedores calam Azazel.

Os bueiros da rua onde estavam estacionados começaram a explodir, um a um. Quase são atingidos por uma pesada tampa de um bueiro que cai sobre o capô do Maverick. Um leve tremor sacode toda a região, deixando rachaduras em prédios e casas. A nevasca está cada vez mais intensa. Inúmeras pessoas saem de suas moradias procurando por um abrigo mais seguro. Segundo as últimas notícias das emissoras de rádio, as igrejas e templos de diversificadas religiões foram os únicos locais não atingidos. A população segue nas ruas para se abrigar nesses locais: católicos, budistas, judeus, umbandistas, evangélicos e ateus estão unidos em busca de ajuda. As pessoas que ficaram em suas casas correm o risco de morrerem soterradas ou mesmo sem alimento ou água, uma vez que a canalização da cidade fora destruída.

Os demônios já viram coisas piores. Já Rafael nunca presenciou tamanho caos.

10

O Convívio

OITENTA E SETE PESSOAS PEDEM abrigo na igreja do padre Antônio Spadoni. Ainda sentindo dores decorrentes da luta no bar, ele abre as portas e pede para que todos entrem. Rafael vem logo em seguida, mas os demônios aliados, apesar de odiarem o frio, permaneceram do lado de fora.

Spadoni percebe que pessoas de diversas religiões estão sob um mesmo teto. Obra de Deus? Prova de que todos são iguais, independente da religião. Mesmo assim o padre fica alerta, pois não sabe se elas ficarão horas ou dias na igreja e o convívio poderá acarretar problemas.

Mesmo com as portas e janelas fechadas, o frio é assolador. Spadoni pega todos os cobertores da casa paroquial e improvisa forrando o chão com cortinas de linho grosso. A comida não é muita, mas garante alimentação por uns três ou quatro dias. Cada grupo se ajeita num canto da igreja. Alguns cantam hinos, outros contam histórias para as crianças. Algumas mulheres preparam café e lanches na cozinha. Rafael prefere ficar com a sua arma, atento à janela.

Mas quando tudo parece estar estabilizado, falta energia. Todo o bairro fica nas trevas. Os demônios acendem os faróis do Maverick voltados para a fachada da igreja, mas preferem desviar o olhar da imagem de Jesus na cruz. Spadoni acende algumas velas. As mulheres trazem a comida e dividem entre as pessoas.

Logo, um a um, eles pegam no sono, exceto Rafael e Spadoni.

– Quando você acha que a energia elétrica irá voltar? – pergunta Rafael.

– Não sei, mas acredito que não seja uma falta de energia comum, daquelas que retornam em poucas horas. Temos que nos preparar para o pior. Pode ser que ela nem volte. Logo não teremos água para tanta gente. A caixa de água da igreja tem dez mil litros, vamos ter que economizar.

– E a energia elétrica?

– Tenho um antigo gerador movido a diesel nos fundos da igreja, mas a alavanca que o aciona está emperrada faz mais de dez anos. Nunca mandei consertar. Agora vejo que foi um erro.

Enquanto os caçadores conversam, um novo tremor abala a cidade. As crianças acordam assustadas. Um grupo de evangélicos, de mãos dadas, inicia uma oração. Os ateus acreditam que isso seja algo da natureza e dizem que a Terra não suporta mais os seres humanos.

Rafael, Spadoni e o grupo de demônios que estão do lado de fora sabem muito bem o que é: Lilith.

Spadoni lamenta mais uma vez pela lança roubada.

Rafael confere as balas dos tambores das suas armas, mesmo sabendo que elas serão inúteis contra o pior dentre todos os demônios.

7h da manhã. Interior da igreja.

Rafael está na janela com a sua arma em punho. Spadoni transita entre as pessoas que ainda dormem. Um grupo de mulheres prepara o café da manhã e alguns homens estão acordados.

– Meus dois filhos estão gripados e estamos sem remédios. O mais velho é diabético e precisa de insulina, mas na correria deixamos tudo em casa – disse um homem negro, de aproximadamente quarenta anos.

– A sua casa está longe daqui? – pergunta Spadoni.

– Não, apenas umas cinco quadras.

– Vou pedir para que Rafael lhe acompanhe até lá para pegar a insulina e os remédios que necessitam. Mas vão rápido, o frio lá fora está terrível, além de que pode ser perigoso.

Rafael sai da igreja com o homem. Chama-se Pedro. O caçador conversa com os cinco demônios. Eles se organizam e deixam Paimon na porta da igreja, Azazel e Baal de prontidão no Maverick e Seth e Marchosias escoltam os dois homens.

Os quatro afundam seus pés na neve e caminham com dificuldade. E apesar de estarem próximos à casa de Pedro, o perigo surge como um relâmpago: uma horda de cerca de cem demônios cruza a rua de cima. Rafael alerta para todos se esconderem, aquele não era o momento certo para uma luta, ainda mais por estarem completamente em desvantagem. Mas Seth pode colocar tudo a perder: está nervoso por deixar os demônios passarem sem uma briga. Marchosias, mesmo com dificuldade, tenta acalmá-lo até o último dos demônios sumir de vista.

Eles continuam o trajeto com cautela e passam por árvores caídas, casas destruídas e comércios saqueados. Há vários carros parados no meio da rua, bem como são visíveis corpos congelados de pessoas que não tiveram a mesma sorte daqueles que estão na igreja com Antônio Spadoni.

O pequeno grupo está numa distância de apenas uma quadra da casa de Pedro. O pobre homem, ao ver a sua casa, ou o que restou dela, cai de joelhos e ergue os braços para o céu:

– Deus, o que mais nos resta acontecer? Por que estamos passando por este terrível pesadelo? – Pedro, que é evangélico, não consegue entender a situação, pois sempre foi um homem honesto e procurou seguir todos os ensinamentos da Bíblia. Mas o que está acontecendo na Terra não separa os homens por suas crenças e religiões. Neste momento todos são iguais.

A casa de Pedro está destruída e jamais eles poderiam encontrar os remédios naquele amontoado de pedras.

– Não desanime, homem, ainda poderemos encontrar a insulina e os outros remédios. Há uma pequena farmácia na avenida central – diz Rafael tentando consolá-lo.

Eles, então, caminham até a avenida central. Rafael nota que vários postes estavam tombados e as fiações totalmente danificadas. Eles não terão energia elétrica tão cedo, ou, quem sabe, nunca mais. Um pequeno grupo de demônios passa próximo, mas nenhum os nota. Seth já não aguenta mais ficar parado. As lutas e as guerras foram o que o sustentaram por milênios.

Por sorte, avistam a farmácia, um antigo estabelecimento que permanece vivo mesmo com as gigantes redes que se instalam no bairro. Todas foram destruídas, menos ela.

Seth e Marchosias ficam do lado de fora, enquanto Rafael e Pedro entram e, com a ajuda de sacolas vão pegando os remédios e seringas, além de algumas caixas de barras de cereais.

Enquanto Pedro abastecia as sacolas, Rafael adentra um pouco mais na farmácia e vai até ao escritório, que fica nos fundos. Régis, o dono, está lá, sentado em sua cadeira, debruçado sobre a mesa e com os olhos fechados. O caçador ficou com dúvida se o homem está vivo ou morto. Na realidade, ele acredita que já estava morto. Mas a dúvida é cruel. Ele coloca a sua mão fria sobre a testa do velho e tem uma surpresa quando ele arregala os olhos negros e tenta mordê-lo.

Agora o velho Régis é um demônio.

Rafael tenta tirar a arma da cintura, mas é arremessado com violência para o outro lado da sala. E antes de pensar em se levantar, o demônio já está em cima dele, segurando suas mãos e tentando morder seu pescoço.

E, como um anjo da guarda, Pedro surge na sala e atira uma pesada cadeira de madeira sobre a cabeça do agressor.

– Esse não vai levantar mais. Tem miolos pra todos os lados – disse Rafael, ajeitando a camisa.

– Deus, nunca matei um homem antes – lamenta Pedro.

– Não sou muito de agradecer, mas obrigado pela ajuda. Esse não era mais um homem. E se você quiser ficar vivo, se quer que seus filhos e esposa vivam, acostume-se.

Os dois homens pegaram o que puderam na farmácia e saíram mais uma vez para a rua. O nevoeiro os cegava. E, devido ao intenso frio, Rafael e Pedro já sentiam sinais de hipotermia e os espasmos musculares se tornavam cada vez mais frequentes. Os pés formigavam, porém, mesmo assim, os dois homens e os dois demônios continuam marchando e levando suas mercadorias até que algo deu errado: a horda de demônios que perambulavam pelas ruas em busca de humanos para massacrar cruzou a avenida principal e deu de frente com o pequeno grupo.

Uma pausa. Silêncio em ambos os lados.

Rafael, paralisado, imagina que este pode ser o seu fim: a condição em que se encontra é péssima. Seus movimentos estão lentos e alguns dos seus membros estão quase paralisados pelo frio. E mesmo que consiga disparar com suas duas pistolas, serão tombados apenas uns dez ou doze demônios até que outros o alcancem. Não tinha para onde escapar e havia apenas duas opções: lutar ou correr.

Pedro olha para Rafael. Seth já está com os punhos fechados. Marchosias, com o olhar semicerrado, também está pronto para a luta. Mas apesar de serem duros na queda e jamais recusarem uma boa briga, Rafael fez sinal para que todos corressem, mas antes disso, derruba um demônio com um tiro certeiro na testa.

Todos correm em marcha lenta. Apesar do frio que congela os músculos, os pés também afundam na neve. Eles fazem força hercúlea para percorrer as cinco quadras que mais se parecem cinco quilômetros.

Os demônios possuem um controle maior sobre a dor e se saem melhor que Pedro e Rafael. Eles estão cada vez mais próximos. Seth e Marchosias resolvem retardar a corrida para capturar e trucidar os demônios que se aproximam, mesmo assim são muitos e é apenas uma questão de segundos para alcançarem os dois homens que fazem de tudo para correr e não perder os remédios que estão nas sacolas.

Pedro é o primeiro a tombar. Rafael gira, cai de costas e dispara sem parar, até acabar a munição. Os demônios estão sedentos por sangue. O fim para aqueles homens está próximo.

O primeiro demônio salta para cair sobre Rafael, mas algo inusitado acontece: uma flecha certeira atinge o pescoço daquele terrível ser que cai em espasmos ao lado do caçador. Outras flechas, uma a uma, atingem os demônios mais próximos. Logo em seguida vários disparos de arma de fogo dispersam a horda.

Rafael, no chão, olha para trás e enxerga com dificuldade um homem de preto numa das torres da igreja. Antônio Spadoni está com seu arco, atirando flechas, algo que um homem comum jamais conseguiria fazer; além do nevoeiro, a distância é considerável, e mesmo assim ele acertou todas as flechas em seus alvos. Azazel e Ball estão com as portas abertas do Maverick disparando com espingardas. Paimon corre descontroladamente para afundar seus punhos nas cabeças daqueles traidores que apoiam Lilith.

Em poucos minutos Rafael e Pedro entram na igreja. Paimon,

Seth e Marchosias entram logo em seguida. Algumas mulheres trazem cobertores e chá quente.

– Essa foi por pouco – diz Spadoni, olhando seus dedos calejados por atirar flechas.

– O importante é que estamos todos aqui. E ainda trouxemos remédios e barras de cereais – balbucia Rafael, ainda tremendo de frio.

Os filhos de Pedro são medicados e uma parte das barras é dividida entre as pessoas, outra é guardada. Spadoni fica preocupado com a temperatura que está cada vez mais baixa. E a noite será ainda pior. A igreja possui aquecedor, mas só poderá ser ligado se o gerador voltar a funcionar.

– Gostaria de conversar a sós com você, Rafael – diz Spadoni, segurando no ombro de Rafael.

Ambos vão até o confessionário. Spadoni acende uma vela e fecha a porta.

– É alguma coisa grave, Antônio? – pergunta Rafael.

– Sim. Acredito que muitos não aguentarão o frio que esta noite promete, principalmente as crianças. Preciso fazer o velho gerador voltar a funcionar, caso contrário...

– E do que você precisa? Não entendo nada de geradores.

– Só preciso de braços fortes. O único problema do gerador é a alavanca que emperrou. Sozinho, não consigo. Já tentei inúmeras vezes – lamenta Spadoni.

Rafael chama Pedro e mais dois homens. Spadoni os conduz até o gerador e todos eles se apoiam na alavanca de aço. Nada. Eles tentam novamente, colocando ainda mais força, mas não conseguem mover nem um centímetro.

– É impossível mover esta alavanca – diz um judeu de nome Nathan.

– Nada é impossível, Nathan, nada. Só precisamos de uma luz para clarear nossas ideias – diz Spadoni.

Os homens ficam pensativos. Rafael se pendura na alavanca, sem êxito. Spadoni, preocupado, resolve ficar isolado num canto da sala, senta numa cadeira, fecha os olhos e ora para Deus. Pedro sai da sala para ver como está a sua família e as coisas do lado de fora da igreja.

Todos ficam em silêncio.

– Precisamos de um cano longo de ferro – diz Spadoni assustando os demais. – Temos um quartinho no lado de fora da igreja, depois do pátio, com ferramentas e ferragens. Provavelmente encontraremos um cano de ferro longo o bastante para se encaixar nesta alavanca, então poderemos chamar mais homens para forçá-la. Ela terá que ceder. Preciso que alguém vá comigo até lá. Alguém se habilita?

Enquanto os homens conversam na sala, Pedro retorna ofegante:

– Os demônios estão lá fora por toda a parte. Nossos aliados pararam de atirar. Eles só estavam gastando munição, pra cada demônio alvejado, outros dois surgiam. Parece que eles estão vindo de lugares distantes e se concentrando do lado de fora...

– Enquanto estivermos dentro da igreja estaremos seguros – diz Spadoni. – O problema é até quando conseguiremos nos manter aqui dentro sem energia elétrica, com pouca comida, água e sem comunicação com o mundo lá fora. Nem os celulares estão funcionando...

– Padre, eu vou com você lá fora – diz o judeu Nathan.

– Pode ser, filho. É bom que Rafael fique aqui dentro para controlar a situação. Vamos apenas levar algumas armas, podemos encontrar algum demônio no pátio.

Spadoni pega sua espada, seu arco e flecha e uma lanterna. Nathan escolhe entre as armas um revólver calibre 38. E, com blusas adicionais, eles abrem a porta dos fundos com certa dificuldade, devido à espessa neve. A nevasca está infernal.

O padre vai à frente, conduzindo Nathan pelo pátio. O caminho, pelo menos por enquanto, está livre de demônios.

Enquanto isso, Rafael resolve distribuir entre as pessoas mais barras de cereais antes do jantar que as mulheres já estão preparando. É então que encontra as duas sacolas vazias.

– Alguém roubou as barras de cereais. Quero saber quem foi o ladrão que fez isso – diz Rafael num tom de voz elevado, enfurecido.

As pessoas no salão cochicham. Algumas crianças começam a chorar. Uma adolescente levanta o braço e pede silêncio.

– Eu vi quem roubou as barras – pronuncia a garota, ainda com o braço levantado.

– E quem foi? – pergunta Rafael.

A garota fica pensativa e começa a olhar os rostos das pessoas no salão, um a um.

– Foi ele. Foi ele. O cara que está agachado ali naquele canto – a garota aponta para um rapaz de aproximadamente vinte anos, loiro, com boné azul e uma grande mochila nas costas.

Todos olham para o rapaz. Ele levanta e sai correndo, até alguém lhe dar uma rasteira. Ele se levanta e tenta correr novamente, sem êxito, pois Rafael já está segurando a sua mochila.

– Por que você fez isso? – pergunta Rafael com os olhos semicerrados.

– Eu quero sair daqui, não aguento mais ficar aqui dentro com essa gente. A minha namorada ficou lá fora, preciso ir lá para salvá-la – diz o rapaz, com os olhos lacrimejantes.

– Lamento dizer, rapaz, mas duvido muito que ela esteja viva. Andamos cinco quadras e só encontramos corpos congelados e demônios sedentos por sangue. Agora me dê isso – Rafael é duro nas palavras, mas depois acaba se arrependendo. Os vários anos nesta luta insana lhe tornaram assim, um homem seco e quase sem sentimentos. Parecia que estava perdendo o pouco de humanidade que tinha em seu coração. Isso se ainda tem um.

O rapaz tira a mochila das costas e abre o zíper. Rafael retira as caixas com o alimento e as repassa para duas mulheres distribuírem entre as pessoas, mas antes disso retirou três barras, ficou com uma e deu duas para o rapaz, depois se sentou ao seu lado e colocou o braço sobre seus ombros.

– Eu também deixei alguém lá fora, seu nome é Laila.

– Ela era sua namorada? – perguntou o rapaz.

– Não... é, pode ser – Rafael pronuncia as palavras e olha para os afrescos no teto da igreja, tentando imaginar se Laila ainda estaria viva ou morta.

Do lado de fora da igreja, Spadoni chega até o quartinho situado no final do pátio. Ele tenta abrir a pesada porta de madeira, mas ela está emperrada. Nathan ajuda a forçá-la e, enquanto isso, o padre imagina que a péssima situação em que se encontram acabou unindo pessoas de crenças diferentes. Um católico e um judeu forçando a mesma porta na busca pela salvação de outras pessoas com outras crenças. Ele sorri. A porta se abre. Ambos não perdem tempo e começam a procurar por um longo cano de ferro que se encaixe na alavanca do gerador. Eles dependem apenas da iluminação da lanterna que Spadoni trouxe. Mãos trabalham incansavelmente, até Nathan visualizar embaixo de uma das mesas o pedaço de um cano de ferro. Ele puxa o objeto e percebe que ele tem cerca de dois metros de comprimento. Ambos se entreolham e retornam imediatamente para o pátio, Spadoni com a espada nas mãos, Nathan com o cano de metal. Mas seria bom demais para ser verdade se a volta fosse tranquila como a ida: quatro demônios já os aguardam no meio do trajeto. O judeu tremeu ao vê-los; nunca imaginara que poderia um dia enfrentar demônios. O padre já está com sua espada apontada para o grupo que parte com fúria para cima deles. Nathan pega a sua arma, mas a deixa cair; enquanto isso, o caçador acerta dois deles com um único golpe. Outro é decapitado, mas o frio faz o padre perder o tato e ele acaba deixando a espada cair. O único demônio que resta se aproveita da situação e ataca Nathan diretamente na veia jugular, destroçando seu pescoço com mordidas. O caçador retira sua adaga de prata e desfere nas costas daquele ser repugnante, que escancara seus dentes sujos de sangue.

– Chegou tarde, padreco – o demônio dá um sorriso macabro.

Spadoni enlouquece ao ver que, por ter deixado sua espada cair, Nathan perdera a vida. A neve, tingida de vermelho, faz o sangue do padre ferver nas veias. Ele golpeia o demônio inúmeras vezes enquanto este gargalha até o último suspiro.

O padre limpa suas mãos sujas de sangue na batina, olha mais uma vez para Nathan e resolve não deixá-lo lá. Ele o arrasta até o quartinho, pois ainda acredita que logo terá a oportunidade de fazer um enterro decente para aquele homem. Spadoni retorna com o cano, mas sem o novo colega. Seu olhar triste revela o que aconteceu no trajeto. Rafael e os demais ficam calados. Pedro, para não perder mais tempo, pega o cano e o encaixa diretamente na alavanca do gerador. Eles chamam mais quatro homens. Todos seguram no metal enquanto aguardam a ordem do padre. Spadoni faz o sinal da cruz e também coloca suas mãos no cano. Todos forçam a alavanca para baixo. Rafael faz força inumana. Os rostos daqueles homens mudam de tonalidade, ficando vermelhos. Veias aparentes surgem em suas mãos e pescoços. Padre Spadoni solta um grunhido. Dois homens ficam pendurados no cano.

Nada.

Eles colocam mais pressão sobre o cano. Ouvem um estalo. O pedaço de metal se parte ao meio.

Todos ficam paralisados, exceto Spadoni que verifica as horas em seu relógio de pulso: 17h35. Falta pouco para anoitecer.

– Deus, o que faremos? – pergunta Spadoni, olhando para o teto da sala. – Vários homens não conseguiram mover esta maldita alavanca. O que faremos? O que faremos? – Spadoni perde o controle e sacode Rafael pelo colarinho de sua jaqueta.

– Se homens não conseguiram mover a alavanca, talvez demônios consigam – diz Rafael. Todos olham para ele sem entender. – Digo, os demônios aliados. Paimon é mais forte que todos nós juntos. Ele e os outros quatro demônios provavelmente conseguirão botar isso para funcionar.

– Rafael, demônios não entram em igrejas, e mesmo que entrassem, eu não aceitaria a ajuda deles – diz Spadoni, com os braços cruzados.

– Mas são várias vidas que estão em jogo, Spadoni. Deixe o seu orgulho de lado. Como você mesmo disse, muitos sucumbirão pela falta do aquecedor. A temperatura está caindo e esta noite será terrível. Pense nas pessoas que estão no salão. E você pode fazer algo para que os demônios entrem na igreja, é só convidá-los – diz Rafael com palavras diretas e certeiras.

Spadoni, pensativo, anda dentro da sala de um lado para outro. Ele sabe que desta vez terá que ceder, por mais difícil que seja. Esta será a única oportunidade que ele terá para salvar vidas: convidar os cinco demônios para entrarem na igreja para que acionem a alavanca do gerador.

O padre sai da sala sem dizer palavra. Cruza o salão principal e passa entre as pessoas. Algumas estão nervosas por não terem notícias de amigos ou parentes. Outras estão ansiosas para que as coisas logo se resolvam. Ele abre a porta principal da igreja e logo em seguida a fecha. Os cinco demônios do lado de fora olham desconfiados para ele.

– Posso conversar com vocês? – diz Spadoni, sem encará-los.

Azazel olha para os outros quatro demônios e consente.

– Desembucha.

– Vamos precisar da ajuda de vocês lá dentro. Temos que ligar um gerador, mas a alavanca está emperrada. Tentamos de diversas maneiras acioná-la, mas não conseguimos.

– E para que você quer acioná-la? – pergunta Azazel.

– Precisaremos do gerador para acender as luzes, nossas velas estão acabando. Também poderemos arrumar alguma maneira para tentar comunicação com outras cidades ou estados, mas sem energia elétrica não conseguiremos nada. Temos que fazer isso para combater Lilith – Spadoni não revela que a sua principal intenção em fazer o gerador funcionar é a de ligar o aquecedor. Ele sabe que demônios não se importam com pessoas e que estão ali apenas para combater Lilith.

– Demônios não podem entrar em igrejas ou templos sagrados, padre, você deve saber disso. A não ser que...

– A não ser que eu os convide – completou Spadoni.

O padre abre a porta da igreja e os convida para entrar. Em milênios de existência, eles nunca pisaram num templo sagrado. Paimon é o primeiro e, quando vê as imagens dos santos e os afrescos no teto da igreja, desvia rapidamente o olhar e concentra-se apenas no chão. Seth, Baal e Marchosias vêm logo atrás. Azazel decide ficar com a espingarda do lado de fora.

11

No Interior da Igreja

Os QUATRO DEMÔNIOS SÃO CONDUZIDOS pelo padre através da Igreja. As pessoas no grande salão olham desconfiadas, algumas, mais ousadas, soltam impropérios. Uma mulher cospe no rosto de Marchosias. Ele sorri. Mas se fosse Paimon a mulher já não estaria mais viva.

– Desgraçados, o que fizemos para vocês? Por que estão destruindo nossos lares e nossas famílias? – diz uma senhora de aproximadamente setenta anos. Spadoni intervém:

– Estes quatro são demônios, mas são nossos aliados neste combate. Peço para que vocês os respeitem, pois fui eu que os convidei para entrar – diz Spadoni para que todos no salão escutem.

Spadoni chega até a sala onde está o gerador. Os homens que estão lá dentro se afastam. Marchosias, Baal e Seth seguram na alavanca e a pressionam com força para baixo. Mas nada acontece. Paimon pede para que eles se afastem e com uma única mão pressiona a alavanca com tanta pressão no metal que ele chega a se envergar. Ele coloca a outra mão e mais pressão sobre a alavanca. Todos na sala ficam ansiosos.

Os segundos passam, angustiantes.

A alavanca finalmente é movida e o gerador volta a funcionar. Todas as luzes se acendem e o aquecedor inicia seu processo de aquecimento. Os homens na sala comemoram, as pessoas no salão, idem. Os demônios ficam calados. Spadoni se aproxima de Paimon.

– Obrigado pela força! – Spadoni agradece, com um brilho no olhar.

Paimon apenas bufa. Os outros demônios ficam como animais acuados, pois não se sentem bem dentro da igreja. Spadoni e Rafael percebem e, então, os conduzem novamente até a grande porta, no final do salão.

No trajeto, Marchosias vê uma grande Bíblia sobre o altar. Ele para e a analisa.

– Humm... Verdades e mentiras. Neste livro Eva foi a primeira mulher de Adão, não é, padre? – indaga Marchosias com sarcasmo.

– Sim, foi ela – responde o padre desconfiado, pois jamais pensou que um dia poderia entrar num debate sobre a Bíblia com um demônio, ainda mais um marquês do inferno.

– Você sabe que Lilith foi a primeira mulher de Adão, mas por traí-lo com o anjo caído Samael, nosso mestre, foi excluída deste livro. Erros acontecem e o nome dela permanece aí, jogado, sem sentido algum.

O padre fica calado, mesmo sabendo ser verdade o que Marchosias diz. Para quebrar o gelo e mudar de assunto, faz uma pergunta:

– Neste corpo humano que você usa é impossível saber qual é a sua real aparência. Gostaria de saber isso de sua própria boca – pergunta o padre com curiosidade.

– Não ligo muito para minha aparência, mas garanto que sou muito diferente de vocês humanos. Tenho o dobro da sua altura, possuo asas e uma longa cauda. No inferno posso voar. Meu semblante é semelhante ao de um lobo. Muitos aqui morreriam de medo se vissem minha real aparência, padre, inclusive você – Marchosias sorri.

– Não tenho medo de nada, demônio, nem da própria morte – diz Spadoni secamente.

– E como seria o Paimon? – pergunta Rafael se intrometendo na conversa entre o padre e Marchosias.

– Paimon é o mais forte de nós e mesmo com este corpo forte que ele está possuindo, que foi de um halterofilista – escolha dele – não chega nem perto de sua real aparência. E vocês, como estudiosos e caçadores de demônios, já devem ter visto em algum livro a pintura de William Blake, de nome "O Dragão Vermelho e a Mulher Vestida com o Sol". Blake foi o único ser humano que viu a real aparência de Paimon. O demônio retratado naquela pintura é ele.

Rafael e Spadoni jogam olhares sérios sobre Paimon, que está caminhando na frente deles e pensam que de certa forma é melhor os demônios estarem assim, disfarçados em corpos de seres humanos. Os caçadores ainda refletem sobre a diferença da aparência deles. Demônios já foram seres celestiais e já estiveram ao lado de Deus. Samael foi o braço direito do mestre e todos os cinco demônios já estiveram ao lado dele, mas por ganância ao poder, acabaram descendo para os confins da Terra.

Spadoni abre a grande porta e sente o vento frio vindo lá de fora. Azazel está de prontidão com sua arma nas mãos, enquanto demônios ao longe aguardam uma chance para atacar.

Os quatro demônios saem. O padre fecha a porta e sente o calor do aquecedor. Ele pensa em agradecer a Deus por isso, mas fica confuso, afinal, foi um demônio que acionou a alavanca do gerador.

Os caçadores, menos preocupados, sabem que a noite será mais tranquila. Estarão aquecidos. Mas a comida terá que ser bem gerenciada, pois o que restou, pela grande quantidade de pessoas que estão abrigadas na igreja, não passará de uma semana.

Spadoni nota que existem vários grupos entre as pessoas e ambos não se misturam. Um grupo de seis pessoas vestidas de branco reverencia seus orixás. Eles são do candomblé. O padre pensou em intervir, já que estão dentro de uma igreja católica, mas desistiu, pois cada um tem o direito em ter a sua própria crença e o fato de não poderem estar lá fora, dá crédito para que rezem da sua maneira no interior da igreja. Outro grupo isolado dos demais parece não gostar do grupo de candomblé. Eles possuem a cabeça raspada, usam coturno, roupas pretas e tatuagens nos braços. Dois deles usam a estampa da suástica em suas camisetas. São *skinheads*. Outro grupo, com quatorze pessoas de mãos dadas, oram a Deus. São evangélicos. Outros pequenos grupos se concentram, isolados dos demais, e entre eles estão judeus, budistas e ateus. Os mais ativos são os católicos, provavelmente por se sentirem mais habituados dentro da igreja, sendo que a maioria está na cozinha, preparando o jantar.

Um dos *skinheads* atira um pequeno castiçal no grupo de candomblé. Em seguida atiram outro e caem na gargalhada, enquanto dois deles falam impropérios nos ouvidos de duas moças evangélicas e outro tenta arrumar confusão com um senhor negro.

Rafael nota rapidamente a ação. Spadoni não deseja violência entre as pessoas, mas não interrompe o amigo, que sai nervoso rumo ao grupo de desordeiros.

– Quem atirou o castiçal neles? – pergunta Rafael aos *skinheads*, apontando para o grupo de candomblé.

– Castiçal? Que castiçal? – diz um dos *skinheads*, o que parece ser o líder do grupo.

Rafael vai até o grupo de candomblé, pega um dos castiçais que estava no chão e retorna ao grupo de *skinheads*.

– Este castiçal, desgraçado – Rafael golpeia o líder do grupo com o objeto, depois o derruba com um único golpe nas pernas.

Todas as pessoas do salão observam o que está acontecendo. Alguns estampam um largo sorriso e esperam por mais. Os outros membros do grupo cercam Rafael. Spadoni apenas observa, pois sabe que o seu amigo saberá se virar muito bem. O padre sente pena daquele grupo de jovens. Rafael golpeia um deles na garganta. O rapaz cai de joelhos, enquanto outro tenta dar um soco em Rafael. Ele segura o braço do agressor com muita agilidade e o quebra em dois lugares. Vendo que Rafael não é fácil, um dos rapazes coloca seu soco-inglês e antes de desferir seu golpe já está no chão sem alguns dos dentes. Os outros se afastam; agora, finalmente, temem Rafael.

Spadoni vai até a grande porta da entrada e a escancara.

– Todos são bem-vindos em minha igreja. Eu os abriguei, alimentei e os tratei bem, mas agora saiam, pois vocês não são tão diferentes daqueles que estão lá fora – diz Spadoni ao grupo de *skinheads*.

– Sairemos com gosto, não aguentamos mais ficar neste ambiente cheio de negros e nortistas – diz o líder do grupo dos *skinheads*.

Todos aplaudem a ação de Rafael e Spadoni. O grupo de desordeiros sai da igreja. O líder, antes de sair, cospe no chão. O padre fecha a porta demonstrando tristeza no olhar, mas precisou fazer isso pela segurança dos demais. A situação estava saindo de controle.

Rafael olha por uma fresta do vitral o grupo se afastando da igreja. O líder faz sinais obscenos com a mão. Os demônios abrem caminho, mas logo em seguida os cercam. Todos ouvem os gritos dos *skinheads*.

O padre, para fazer as pessoas se esquecerem da violência e

aliviar um pouco mais seus tristes corações, vai até o altar, pega seu microfone e inicia uma canção:

Todos no salão se calam para ouvir e mesmo as pessoas de outras religiões prestam atenção. A intenção de Spadoni, ao cantar, é de unir os grupos para que se tornem apenas um.

Agora todos poderão dormir esta noite em paz.

Spadoni e Rafael estão preparados para o pior: Lilith poderá atacar a qualquer momento e eles não sabem o que poderá acontecer.

12

Fome

Passam-se seis dias. A comida do estoque daria apenas para mais uma refeição. Rafael observa pelo vitral da igreja e vê que os demônios ainda fazem campana do lado de fora. E eram centenas, impossível de passar por eles, mesmo junto de Spadoni e os cinco demônios aliados. Eles estavam cercados e provavelmente esta era a missão daqueles monstros: aguardar acabar os remédios, mantimentos e água das pessoas acampadas na igreja.

Spadoni apanha todas suas armas, carrega-as e as distribui para quatro homens. Também se equipa com seu arco e flecha. Rafael, como sempre, está munido com seus dois revólveres. Quatro dos demônios aliados têm espingardas, menos Paimon, que se recusou a receber uma arma. Ele prefere usar os próprios punhos.

O padre sobe numa das torres e aguarda pelo sinal de Rafael. A porta central da igreja é aberta. Todos os homens se juntam. Os demônios aliados já aguardam do lado de fora. Todos miram suas armas num daqueles demônios que cercam a igreja. Paimon estrala os dedos. Rafael dá o sinal, disparando para o céu. Sons ensurdecedores quebram o silêncio. Dezenas de cápsulas caem ao chão. Vários demônios, um a um, vão tombando deixando a neve rubra. Mesmo assim as baixas são irrisórias. Spadoni dispara várias flechas certeiras. Paimon quebra vários ossos inimigos.

Mas algo está errado.

Os demônios não reagem. Ficam apenas parados esperando pela morte.

Spadoni cessa o ataque enquanto os outros lá embaixo continuam.

Ele grita para que todos parem e retornem imediatamente para dentro da igreja. E mesmo sem entender o porquê, eles o fazem, menos Paimon, que continua destroçando os inimigos.

Rafael espera o último homem entrar e fecha a grande porta. Todos esperam Spadoni descer da torre para se explicar.

– Pessoal, nós erramos neste ataque – lamenta Spadoni.

– Mas por quê, padre? – pergunta Pedro, enquanto todos aguardam pela resposta.

– Porque eles não reagiram. A única intenção deles foi de fazermos gastar nossas munições. Certamente eles atacariam em massa quando nossa munição acabasse e Lilith está por trás disso – explica Spadoni.

– Você tem razão, padre. Minha sede de vingança foi tanta que acabei não notando isso – diz Rafael.

– Pois deveria ter notado, Rafael, você é o mais velho e o mais experiente entre nós – Spadoni fala, enquanto senta num dos bancos de madeira, mas depois se arrepende por ter dito entre os demais que Rafael é o mais velho do grupo, pois aparentemente, ele é o mais velho e somente ele sabe que o seu amigo caçador tem mais de oitenta anos. Mas ninguém faz questionamentos. – O jeito agora é esperar ou pensarmos em outra estratégia para passarmos pelos demônios e buscarmos comida.

Naquela noite, os adultos dormiram sem se alimentar para que as crianças se alimentassem melhor. A fome doía e era angustiante. Rafael passou pelas pessoas deitadas no salão e sentiu que o odor que emanavam não estava nada bom. Ele deveria estar igual, mas não sentia seu próprio odor. Eles ainda tinham água, mas apenas para consumir. Suas roupas estavam imundas.

Rafael sente a miséria bem de perto: pouca água, sem comida, pouca munição e falta de saneamento básico.

Spadoni tenta mais uma vez se comunicar com o mundo lá fora, mas está sem conexão com a internet, o telefone não funciona e todos os canais da tevê e do rádio estão fora do ar. Nem as duas principais operadoras do seu celular funcionam. Eles estão incomunicáveis com o resto do mundo, sem saber o que está acontecendo:

se haviam mais sobreviventes, se iriam sobreviver por mais tempo ou se a extinção da raça humana estava próxima de acontecer.

A fome já apresentava seus sinais. Mesmo nos dias passados, pouco se alimentara. O padre se olha no espelho e visualiza um homem magro e abatido. E, se já era difícil enfrentar Lilith com saúde, debilitado daquela maneira seria impossível. Mas ele tem força de vontade e sabe que ainda aguentará por mais alguns dias. Ele só não sabe até quando a ordem permanecerá entre as pessoas abrigadas no salão; a fome causa terror e descontrole.

Algumas pessoas elevam seu tom de voz. Brigas entre casais tornam-se frequentes. Alguns tentam sair e enfrentar os demônios, mas são segurados.

Dois dias se passam.

Pedro, desesperado, vendo a situação dos seus filhos e da esposa, rouba uma das armas do padre e ameaça qualquer um que o impedir de sair da igreja, inclusive Rafael e Spadoni. As pessoas abrem caminho e ele sai. Todos se aglomeram no vitral da igreja, esperando que ele tenha um final igual ao dos *skinheads*.

Os demônios inimigos o deixam passar até certo ponto. Ele caminha vagarosamente na neve com a arma em punho. Os demônios, aos poucos, vão cercando Pedro até fecharem um círculo em torno dele. Era impossível enxergá-lo entre os demônios.

Um disparo.

Paimon corre e abre o círculo, derrubando doze demônios com uma única braçada. Pedro, caído, está acordado e agarrado ao demônio ensanguentado com uma perfuração na testa. Paimon arrasta os dois até a igreja e não entende por que Pedro não solta o demônio. Rafael abre a porta e vê Pedro sangrando no chão, com vários hematomas e ainda agarrado ao demônio morto. O homem no chão abre vagarosamente os olhos e diz com dificuldade:

– Agora temos comida.

Rafael entende seu sacrifício; o homem quase morreu para salvar outras vidas. Fazia dias que eles estavam sem comida. O corpo que o demônio apossara já estava condenado.

Spadoni, atrás de Rafael, ouve a conversa e não fica tão feliz.

– Deus, o que seremos agora? Canibais? Qual a diferença entre nós e os monstros que estão lá fora? – grita o padre.

– A diferença é que fazemos sacrifícios como este para salvarmos nossa própria raça – diz Rafael.

Spadoni dá as costas e vai até o confessionário. Dentro da sua sala secreta, visualiza mais uma vez o espaço vazio onde ficava a sua lança com a cruz de Malta e lamenta pela milésima vez seu sumiço. O artefato seria fundamental para enfrentar os demônios e principalmente Lilith.

Rafael separa os adultos das crianças e passa a controlar a situação. Ele pergunta quais deles poderiam ajudá-lo a preparar o almoço. Um homem e duas mulheres levantam a mão, incluindo a esposa de Pedro. Eles vão até a cozinha e Rafael, com um grande saco plástico sobre o chão e um machado desmembra o corpo daquele homem em pedaços.

Ele procura não pensar no que estava fazendo. Os ajudantes desviam o olhar e vão preparar as panelas e os temperos.

Com uma jarra com água, Rafael lava a carne e depois a salga. Parte foi colocada no congelador, outra separada em uma grande panela para ser frita em óleo quente.

Depois da carne pronta, acrescentam farinha e alguns temperos. Colocam o conteúdo dentro de duas travessas de vidro sobre a mesa e distribuem os pratos e talheres entre as pessoas. Todos se servem. E, mesmo os que antes pensaram em recusar, alimentam-se da farofa de carne humana, menos Spadoni, que prefere o jejum.

Um dos homens passa mal e começa a causar rebuliço entre as pessoas:

– Droga, o que estamos fazendo? O que estamos fazendo? Parem com isso... – Rafael afasta o homem dos demais, mas não larga seu prato, pois sabe que precisa daquele alimento.

– Se você não quer mais o problema é seu. Nós estamos fazendo esse sacrifício para nos mantermos em pé e, se for preciso, faremos novamente. Mas não atrapalhe os outros que estão se alimentando – o homem se cala, mas se debulha em lágrimas, encolhido num dos cantos da igreja.

Depois da refeição, todos ficam calados. A calmaria volta a reinar. Spadoni nota que a refeição, mesmo de procedência humana, acalmou aquelas pessoas. Ele se ajoelha e reza pedindo perdão a Deus; sabe que, se for preciso, eles pegariam mais corpos do lado de fora. Ele não vai intervir, mas continuará sem se alimentar.

– Você não comeu nada, padre. Quantos dias vai aguentar ficar assim? E se os demônios resolverem nos atacar? E se Lilith aparecer, o que você fará? – disse Rafael, seriamente.

– É provável que eu não dure muitos dias, mas não me alimentarei de carne humana, Rafael. De qualquer forma, não terei chances contra Lilith sem a minha lança sagrada. Nem todos vocês juntos armados até os dentes terão.

– Mesmo assim você não irá desistir, não é?

– Não, não irei desistir... Não irei – Spadoni demonstra cansaço e desânimo. Ele pede para ser deixado só no confessionário.

O dia passa demorado. Um dia longo e cansativo. Rafael prefere racionar a comida para apenas uma refeição diária.

A noite chega e todos se preparam para dormir. Spadoni, mesmo não querendo, cansado, acaba dormindo sentado em sua cadeira no confessionário. Rafael fica alerta, próximo ao vitral da igreja, e nota pouca movimentação dos demônios lá fora.

Seus olhos ficam abertos, mas ele não mais enxerga o que se passa diante dos seus olhos, mas, sim, seus pensamentos, como numa grande televisão.

Ele vê Laila sorrindo com seus dentes brancos e lustrosos. Ele sente saudades dela e pensa até que poderia ter tentado um relacionamento mais prolongado com a garota. Quem sabe dar uma chance a ela, mesmo não sendo fácil lidar com seu forte temperamento. Mas agora tudo isso ficou para trás. Laila provavelmente estava morta.

Duas horas da manhã. Rafael continua sonhando acordado.

Uma pedra estilhaça o vitral principal da igreja. Rafael desperta. Outra pedra quebra o vitral onde ele está e, antes de qualquer outra ação sua, centenas de pedras são arremessadas do lado de fora. Em segundos, Spadoni já está de pé ao lado de Rafael, que foi atingido por algumas pedras. Todos no salão acordam com o barulho que está cada vez mais alto.

Spadoni verifica rapidamente pelo vitral sem vidro: os demônios se agruparam para arremessar pedras.

Azazel acende os faróis do Maverick e pede que três dos seus parceiros lhe acompanhem, mas deixa Paimon na porta da igreja para garantir a segurança dos abrigados. Os roncos do acelerador do carro se misturam com os sons das pedras quebrando vidros. Eles partem rumo à horda de demônios. Dezenas são atropelados. Azazel faz ziguezague e tenta atingir o máximo deles até capotar. E, mesmo ferido, o motorista ainda continua com o pé no acelerador, deixando as rodas traseiras em movimento, até se conscientizar que o veículo não sairá mais do lugar.

Silêncio.

Centenas de demônios cercam o carro. Seth quebra o vidro traseiro, se arrasta para fora e atira com a sua espingarda até acabar a munição. Ele joga a arma no chão e chama os inimigos para a briga. Uma montanha de demônios cresce ao redor dele e o espanca até a morte.

Baal e Marchosias são arrastados para fora. Eles têm o mesmo fim de Seth.

Azazel, ferido, sai do veículo disparando e ainda consegue derrubar cinco demônios.

Ele está cercado e sozinho contra centenas de inimigos sedentos por sangue. Sorri, fecha os punhos e luta feliz até a morte do seu corpo humano.

Os quatro corpos são destroçados por dentes, chutes, socos e pauladas.

Spadoni e Rafael, ao longe, observam. Agora serão quatro fortes aliados a menos nesta luta.

As pedras voltam a ser arremessadas. Spadoni convida Paimon para entrar na igreja. Os homens, armados, sobem até a torre e começam a atirar. Corpos e mais corpos tombam na rua e, antes que se formasse uma barreira, grupos de demônios os arrastam para as calçadas.

Spadoni teme ao ver que desta vez eles estavam mais organizados. Sinal de que um líder estava por trás, dando as diretrizes.

Eles avançam cada vez mais. Spadoni começa a atirar flechas. Rafael pede para que Paimon coloque os pesados bancos da igreja atrás da porta principal, enquanto homens e mulheres sobem cadeiras até a torre para serem arremessadas nos demônios. As crianças são trancadas na cozinha, mas ninguém estaria seguro por muito mais tempo.

– Padre, além da munição que acabou, não temos mais cadeiras para atirar – disse Rafael, enquanto nota que Spadoni tinha sua última flecha entre os dedos, pronta para arremessá-la.

Spadoni abaixa a arma, olha para Rafael e os homens na sala da torre e pronuncia poucas e tristes palavras:

– Este será o nosso fim.

Mas coisas estranhas acontecem: milagre ou não, os demônios param de atirar pedras e retrocedem em marcha lenta, até sumirem de vista.

Silêncio total do lado de fora.

Spadoni e Rafael se entreolham. Eles sabem que isso não foi um milagre, mas uma ação bem pensada. Eles atacaram para acabar com a munição dos integrantes da igreja, além de causarem importantes baixas, eliminando quatro demônios aliados.

Num mutirão organizado por Rafael, homens e mulheres retiram cacos de vidros do salão e colocam sacos plásticos nos vidros na tentativa de amenizar o frio.

Em menos de duas horas todos já estão novamente acomodados: Spadoni de prontidão na torre principal, Rafael no térreo ao lado da grande porta principal, Paimon em pé do lado de fora da igreja e a maioria dos abrigados dormindo no fundo do salão.

Rafael e Spadoni aguardam ansiosos por um sinal, qualquer que seja. Eles querem acabar logo com este sofrimento. Sabem que algo pior está por vir.

13

O Fim

7H30 DA MANHÃ.

Spadoni nota que o céu está limpo. O sol forte inicia o processo de derretimento do gelo e aos poucos o asfalto volta a aparecer.

Os demônios não retornaram.

Os dois caçadores se encontram no grande salão. As pessoas estavam mais dispostas. As crianças brincam com um gato preto que entrou naquela manhã por uma das frestas dos vitrais quebrados. O café é preparado pelas mulheres, enquanto uma anciã cantarola *Acorda amor*, de Chico Buarque.

Rafael e Spadoni notam, depois de vários dias, que este era o primeiro em que todos estavam felizes.

A anciã, agora cantarolando *Na linha do mar*, leva para Paimon uma caneca de plástico com café até a boca. O demônio olha para a mulher cantando, bufa e diz:

– Clara Nunes?

– Como *cê* sabe que é Clara Nunes que canta essa música? Acho que *cê* nem era nascido ainda quando ela cantava – pergunta a anciã.

– Humpf – Paimon ignora a pergunta da anciã e toma o café quente, enquanto verifica a mão esquerda, completamente ferida. Ele se recorda da aparência da sua verdadeira mão e sente saudades. Também se recorda dos parceiros mortos no combate da noite anterior, mas não sente saudades. Foram apenas os corpos humanos que eles possuíam que faleceram. Sabe que ainda irá revê-los novamente no inferno e a primeira coisa que fará será quebrar a cara de cada um deles por deixá-lo sozinho entre os humanos.

Depois do café, Spadoni vai até o quartinho, no final do pátio, com o grupo de judeus. Eles precisam dar um enterro decente a Nathan.

Eles retiram suas vestes e limpam seu corpo com um pano umedecido, num ritual chamado *taharat*. Depois, vestem-no com uma mortalha branca. Enquanto isso, três judeus preparam uma cova fora dos domínios da igreja. E, sem um caixão de madeira, o que seria apropriado, colocam o corpo cuidadosamente na cova. Spadoni, ao longe, apenas observa, respeitando o processo, que é muito rápido: enquanto cobrem o corpo de Nathan com terra, pedem perdão a Deus pelos pecados daquele homem que morreu bravamente. Eles procuram por gramas, mas não encontram. Então fincam seus dedos no chão e puxam um punhado de terra com raízes, depois as jogam para trás, acima do ombro direito, enquanto recitam: *Veyatsisu me'ir keêssev haáretz; zachur ki afar anáchnu*[1].

Rafael vem de encontro ao padre. Enquanto os judeus terminavam suas preces, os caçadores se dirigem até o quartinho para pegarem diesel para alimentar o gerador. O frio acabara, mas eles ainda precisavam de energia elétrica.

O diesel duraria mais uns três ou quatro dias. Depois disso teriam que procurar por mais, o que seria arriscado, já que não sabem para onde foram os demônios nem o que está acontecendo fora dali.

A manhã passa gloriosa. E o almoço, ainda preparado com o que sobrara da carne humana, fora refogado, preparado numa grande panela de pressão.

Todos aguardavam ansiosos com seus talheres e pratos nas mãos. Menos Spadoni, cada vez mais enfraquecido.

A comida é servida. As crianças largam os talheres para comer com as mãos. O padre olha a maneira como aquelas pessoas se alimentavam, lambendo as pontas dos dedos, passando a língua nos lábios, como se fosse a melhor refeição do mundo.

---

1 "Que eles (os falecidos) brotem (ressuscitem) como as plantas da terra".

A fome prega peças, mas Spadoni sabe muito bem como driblá-la. Foi morador de rua em sua juventude.

Rafael tenta não pensar para se alimentar, mas é difícil esquecer a imagem do homem em pedaços. Ele larga o prato deixando metade da comida, mas logo outras pessoas se aproveitam e pegam rapidamente seus restos. Tudo some em poucos minutos.

Spadoni caminha lentamente até a torre, puxa uma cadeira, senta e fica próximo ao vitral quebrado.

As pessoas, agora sentadas em bancos do lado de fora da igreja, conversam. As crianças brincam de atirar pequenas pedras umas nas outras. O gato que encontraram pela manhã ronda por ali, esperando uma carícia.

Paimon, sempre alerta, fica próximo à igreja, mas longe da vista daquelas pessoas.

O sol vai se pondo e logo chega a noite. Uma agradável noite.

Dentro da igreja, no salão, alguns grupos tentam passar o tempo com jogos de mímicas e adivinhações, talvez tentando se esquecer dos acontecimentos dos dias anteriores.

Rafael pensa que, se o dia seguinte for igualmente tranquilo, ele sairá nas ruas em busca de diesel, alimentos e remédios. De repente, Lilith desistiu do seu plano miraculoso de destruir a humanidade, ou quem sabe fora eliminada por outros caçadores de demônios, apesar de achar isso bem improvável, uma vez que não conhece no Brasil outros caçadores além dele e o padre Spadoni.

Mas algo quebra a tranquilidade.

– Tio, tio, você viu o nosso gatinho? – pergunta uma das crianças a Rafael.

– Não vi. Veja se ele não está lá na torre com o padre Spadoni.

Uma enorme sombra surge do lado de fora do vitral principal. Todos que estão próximos ficam assustados. Rafael retira a arma da cintura e se prepara para atirar. Ele tem apenas uma bala no tambor. A única que encontrou perdida em um dos seus bolsos. Paimon surge no vitral, sorri e levanta o gato morto.

– É este o gatinho que estão procurando? Acabei de matá-lo.

As crianças gritam. Todos no salão ficam revoltados. Rafael aponta a arma para Paimon e pede explicações.

– Esse bicho não é um simples gatinho. Esse era um dos

bichinhos de estimação da Lilith. Tudo o que ele via, ela também via. Ele era um pequeno demônio espião.

Rafael abaixa a arma. As crianças não entendem e continuam chorando. As pessoas discutem sobre o assunto.

– Obrigado, Paimon – agradece Rafael.

Padre Spadoni, no primeiro degrau da escadaria, ouvira toda a conversa. Ele chama Rafael e os dois sobem até a torre. Spadoni puxa uma cadeira e pede para que o parceiro se sente. Enquanto conversavam sobre o gato demoníaco, Spadoni entra numa pequena sala e volta com uma garrafa de vinho e duas taças entre os dedos.

– Barca velha, 1991. Uma ótima safra. Vinho de qualidade inquestionável – diz Spadoni, olhando para o rótulo da garrafa.

Rafael pega a taça, mas seu olhar estampa um ponto de interrogação.

– Estava guardando esta garrafa para um momento especial. Quero degustar este vinho calmamente – Spadoni coloca vinho na taça de Rafael, depois na sua.

– E qual momento especial seria este? – indaga Rafael.

– O fim de Antônio Spadoni, o velho padre caçador de demônios... – Spadoni dá uma pausa, gira o líquido que está na taça e a encosta próxima às narinas, para depois saborear o vinho vagarosamente. – Sinto que o meu fim está próximo, Rafael.

– Não! Não acho. Pensei muitas vezes no meu fim quando era policial e enfrentei bandidos perigosos nas ruas. Em minha última investigação, quando estava no encalço do demônio Caim, quase me suicidei. Mas estou aqui, vivo – Rafael pronuncia as palavras sem muita emoção. Embora tenha dito que está vivo, sente que está morto há muito tempo. Sua vida solitária não o faz pensar no futuro. Cada dia é uma tortura, ainda mais agora sem Laila, a única garota pela qual se apaixonou.

Spadoni aguarda Rafael tomar o último gole do vinho e enche novamente sua taça.

– Não é muito educado encher uma taça com vinho até a boca. Mas quem se importa com isso? Vamos aproveitar e degustar à vontade – diz Spadoni, agora bebendo mais rapidamente.

E pela terceira vez, ele enche as duas taças com vinho.

– Estamos enfraquecidos e sem armas. Parece que até Deus nos abandonou... – diz Spadoni, já apresentando sinais de embriaguez.

Rafael fica em silêncio, mas ouve as lamentações do amigo. Ele olha para a rua e nota que uma forte ventania levanta a poeira do chão, balança e quebra os galhos secos das árvores. Spadoni continua concentrado em seu vinho, mas uma pessoa solitária surge no início da rua. Rafael força a vista, pois a única claridade vem da lua. Aos poucos, nota que, pelo andar, parece ser uma mulher.

O vento levanta seus longos cabelos que esvoaçam com leveza. Rafael percebe que realmente é uma mulher, mas não é Laila. Ela pode estar procurando por abrigo, então ele desce rapidamente a escadaria e abre a porta principal da igreja e a observa com mais clareza, finalmente a identificando:

– Lorraine! – Rafael fica feliz ao ver que Lorraine está viva. Seu olhar está vazio, seus pés descalços e seu vestido, aparentemente de seda, delineia os traços marcantes do seu corpo.

Paimon vai de encontro com a moça, mas Rafael diz que ele a conhece.

– Fique tranquilo, Paimon, eu a conheço lá do cortiço. Você deve ter visto ela por lá também, não está se lembrando?

Paimon se recorda da moça, mas a cheira como um cão farejador.

– Por que ele está me cheirando assim, Rafael? – diz Lorraine, tentando afastar Paimon.

– Ele é assim mesmo, Lorraine, não estranhe – diz Rafael sorrindo, mas nervoso com a atitude do demônio.

Paimon a segura pelo braço. Rafael intervém:

– Paimon, ela está do nosso lado, largue-a imediatamente – Rafael retira a arma da cintura e aponta para Paimon, antes que ele faça qualquer besteira com a moça.

– Lembra quando eu apareci hoje no vitral com o bichinho morto nas mãos? – diz Paimon para Rafael.

– Si... Sim... – gagueja Rafael.

– Pois esta é a dona dele. Quer dizer, este é o dono dele.

Mesmo Rafael não confiando em demônios, sabe que Paimon não erra, além de que ele salvou todos ali acionando a alavanca emperrada do gerador. Salvou Spadoni de ser trucidado por dezenas de demônios dentro de um bar. Salvou Pedro das garras dos demônios inimigos e identificou o gato espião. E o que Lorraine estaria fazendo ali sozinha? Como conseguiu sobreviver tanto tempo lá fora no frio, onde estava infestado de demônios? Por que somente ela sobreviveu no cortiço? E quem retirou os corpos daqueles mortos e jogou no terreno baldio? Por que Paimon disse "ele", ao invés de "ela"? São pensamentos que invadem a mente de Rafael em frações de segundos. Tempo suficiente para ele mirar sua arma e tentar disparar na mulher. Mas algo está errado:

– O que foi, Rafael, sua arma não dispara? – diz Lorraine, sorrindo.

– Sua desgraçada... Quem é você, afinal? Todo tempo só nos rondando... – Rafael joga a arma no chão e retira a outra da cintura. Mas esta não está carregada.

Lorraine muda drasticamente de aparência. A tonalidade da sua pele modifica, mostrando grande diferença nas tonalidades das peles humanas. Seus dentes ficam pontiagudos, semelhantes aos dos felinos. Seus olhos, enegrecidos como os dos demônios, fitam Rafael. Seu corpo se transforma e seus músculos parecem que foram talhados à mão. Ela transforma-se num homem. E seu nome é Samael.

Samael afasta com facilidade Paimon, que mesmo ainda surpreso com a aparição do seu mestre, retorna bruscamente e com os punhos fechados para atacá-lo. Mesmo não sendo um ser muito pensante, ele sabe que foi enganado e que a intenção do mais poderoso dos anjos caídos não é nada boa. Samael o agarra agilmente pelo pescoço e o ergue do chão como um boneco de pano. Rafael pensa em retornar e fechar a porta da igreja, mas não pode fugir do seu destino.

O ser que ele enfrentará não é a mulher que lhe tirou o sono por décadas, mãe do demônio que lhe deu como castigo a imortalidade. A primeira das mulheres. Conhecedora de todos os segredos e das artes ocultas. Quem estava ali em sua frente era simplesmente o ex-braço direito de Deus, o mestre do inferno, eliminando facilmente um dos mais poderosos demônios dos quais Rafael já conheceu.

Num gesto insano, Rafael corre em direção a Samael, mas é arremessado com violência, mesmo sem ser tocado, no chão.

Paimon segura o pescoço do seu poderoso oponente e o aperta com força descomunal. Samael sorri, até se cansar da brincadeira, e então, para fazê-lo sentir ainda mais dor, arremessa-o para dentro da igreja, fazendo-o parar no altar. Sua cabeça, devido ao forte impacto, sangra. Seus olhos se abrem e fitam a imagem de Jesus crucificado, mas eles não se fecham mais. Paimon retornou para o inferno.

Samael desvia o olhar para Rafael.

Uma flecha corta o ar e passa entre os seus cabelos vermelhos.

Spadoni está se equilibrando no parapeito da torre com seu arco na mão. Ele atirou sua última flecha, mas a embriaguez o fez errar o alvo.

Samael ergue os braços e seus dedos como garras apontam para o céu. Ele pronuncia palavras numa língua extinta e faz com que o padre caia do alto da torre.

– SPADONI! – grita Rafael ainda no chão.

Pedro, com uma faca de cozinha, sai do salão e parte para cima do anjo caído. Samael segura a sua mão e força a arma contra o seu peito, até fincá-la em seu coração. A esposa de Pedro em prantos segura seus filhos. Todos ficam desesperados.

Rafael, com força hercúlea, levanta suas pernas para caminhar, como se algo o puxasse para o centro da Terra. Ele coloca-se de pé e fica cara a cara com Samael.

– Maldito caçadorzinho de demônios... Você terá um fim bem pior do que o do padre. E, depois de me divertir com você, eu e meus demônios mataremos todos desta igreja. Depois acabarei com os miseráveis humanos que restaram neste mundo – Samael segura os braços de Rafael e o joga no chão, caindo sobre ele. – Você achou que era a Lilith que acabaria com este planetinha miserável? A desgraçada está aprisionada no inferno e só eu tenho o poder de libertá-la. Acabar com este mundo será a resposta que darei ao seu Deus por ter me jogado fora dos seus domínios. Ele me tratou como um cão.

Os demônios surgem por todos os cantos e cercam a igreja. Eles assistem ao espetáculo com alegria.

– Você quase me possuiu quando eu estava disfarçado de prostituta, não é, Rafael? Desta vez serei eu quem possuirá você, só que da minha maneira – Samael finca suas unhas na carne de Rafael, que urra de dor. Ele tenta afastar suas mãos, mas não consegue. Ele rasga sua carne vagarosamente, enquanto lambe seu pescoço. Sua saliva, como ácido, deixa um rastro vermelho na pele do caçador, que se debate, tentando se livrar.

Samael escancara sua boca e está pronto para destroçar o pescoço da sua vítima.

Mas, quando tudo parece estar perdido, surge uma esperança, só que esta vem motorizada: são roncos de motor. Samael, entretido em acabar com Rafael, não dá atenção ao estranho som e continua montado em seu oponente. Laila passa pela horda de demônios com sua moto empinada. Ela segura algo em uma das suas mãos e a atira com violência contra Samael. O artefato transpassa o senhor do inferno e finca no ombro de Rafael. A lança sagrada de Antônio Spadoni.

Samael retira suas unhas da carne de Rafael e se levanta, ainda com a lança transpassada em seu peito, para ver quem o atingiu. Ele não pôde acreditar quando viu Laila o encarando com destreza em cima da sua moto.

– Você? Uma reles ladra ameaça o senhor das trevas? – Samael cambaleia e não acredita no que está acontecendo. Ele tenta retirar a lança do seu corpo.

Rafael, com muita dor e com o ombro ferido, sorri ao ver que Laila ainda está viva. E antes de Samael conseguir se livrar da lança, sua pele muda de tonalidade e torna-se enegrecida. Seus olhos negros tornam-se aquosos. Ele olha para o céu e ainda consegue pronunciar algumas palavras:

– Você finalmente arrumou um jeitinho para tentar se livrar de mim, não é, Deus? Só que eu nunca imaginei que uma simples garota salvaria a Terra da extinção da raça humana – Samael, antes de tombar, vira para Rafael e sorri – O bom de tudo isso é saber que um dia você também verá essa ladrazinha morrer... – Samael dá o seu último suspiro e cai. E, em segundos, o mesmo acontece com todos os demônios que cercam a igreja.

– Reles ladra? Simples garota? Eu sou uma caçadora de demônios, seu desgraçado. E que porra é essa de que um dia você irá me ver morrer, Rafael? – pergunta Laila.

– Droga, você quase me matou com essa lança... E... E eu não sei o que o Samael quis dizer com isso. Vai saber o que se passa na cabeça de um demônio. E você é uma caçadora de demônios? Era você que estava com a lança do Spadoni durante todo esse tempo? E como você sobreviveu sozinha no meio desses demônios?

– Perguntas, perguntas... Sim, eu sou uma caçadora de demônios. Iniciante ainda, mas sou. Está vendo essa tatuagem em meu braço? Cada um desses risquinhos equivale a um demônio eliminado. Farei um bem grande para o Samael. E a lança? Sim, eu a roubei, mas pensando em vendê-la num antiquário. Mas quando um dia, escondida, ouvi o padre lhe dizer o que ela poderia fazer, resolvi guardá-la. E como sobrevivi sozinha no meio desses demônios? Cara, você não sabe o que eu passei durante esses dias. Fiquei escondida na secretaria de um cemitério aqui da Zona Sul, comendo as porcarias dessas máquinas que funcionam com moedas. Um bom chute nelas sempre resolvia o caso. E pode ter certeza que ninguém pensou em procurar uma pessoa viva dentro de um cemitério, nem mesmo os demônios pensaram nisso. E até que lá era bem quentinho... – diz Laila enquanto chuta o traseiro do Samael no chão.

Rafael se levanta com dificuldade e coloca seu braço sobre o ombro de Laila. Ambos caminham até o corpo do padre Spadoni.

– Este foi um grande caçador de demônios. Padre Antônio Spadoni. Que descanse em paz – lamenta Rafael.

– Posso estar velho e com vários ossos quebrados. Mas ainda estou vivo – Spadoni surpreende Laila e Rafael. – Acho que quebrei as pernas...

Rafael se alegra ao ver que o seu parceiro não morreu. E pela altura que caiu poderia ser um milagre ou Spadoni realmente era muito forte. Alguns homens carregam o padre para dentro da igreja. Rafael, ainda se apoiando em Laila, olha mais uma vez para o corpo caído de Samael, depois fecha a porta da igreja, aliviado por vencer esta batalha.

Faixa Bônus

Afinal, o que aconteceu com a população mundial após esses terríveis acontecimentos?

Após a derrota de Samael, no dia seguinte, Rafael desperta assustado com o som de um helicóptero. Ele consegue identificar uma cruz vermelha estampada na grande aeronave de resgate que pousa no pátio da igreja. Paramédicos descem e dois soldados trazem uma caixa cheia de mantimentos.

A população mundial foi dizimada em 30% devido às catástrofes climáticas e ao ataque dos demônios. Muitos voluntários de diversos países trabalham na reconstrução das casas. A Cruz Vermelha, com vários helicópteros de resgate, ronda as cidades em busca de sobreviventes, levando mantimentos e prestando cuidados médicos.

E os nossos protagonistas, como ficaram?

Spadoni, numa cadeira de rodas, vislumbra sua lança sagrada fixada na parede. Ele sempre esteve certo sobre ela. Logo estará recuperado e se for preciso voltará para as ruas para caçar demônios e outras aberrações.

Laila, inquieta, sobe em sua moto e sai pela cidade para espairecer as ideias. Mas ela sabe que retornará para Rafael.

Rafael, ainda muito ferido, finalmente vê um sentido para sua vida: salvar vidas humanas. Laila até poderá ser a sua companheira. E será uma boa companheira, já que também é uma caçadora de demônios. Mas ele sabe que Samael estava certo em suas últimas palavras. Ele continua sendo imortal e um dia verá sua amada morrer.

A construção do enredo de "O Desejo de Lilith" e "Caçadores de demônios"

Iniciei a escrita de "O Desejo de Lilith" em 2008 e terminei em 2009. Foram seis meses escrevendo, e não foi tão fácil por ter escolhido escrever em primeira pessoa. Fui Rafael Monte Cerquillo durante meses escrevendo em seu diário. A forma de diário impossibilitava a descrição perfeita do cenário, assim como o pensamento de outros personagens. As ideias passadas ali eram descritas pelo Rafael em sua visão de mundo: um personagem decadente, cansado da sua própria vida. Criei também a "Black Angels", uma organização secreta milenar composta por anjos caídos, algo do qual pretendo escrever mais, quem sabe em outro livro ou até mesmo numa HQ. E, como todo autor, procurei por algumas editoras. Disse "algumas", porque não optei em fazer o livro por demanda, mas da maneira tradicional. Em pouco tempo recebi um e-mail do editor Erick Sama. Ele gostou do meu romance de horror e disse que o publicaria pela Editora Draco. O lançamento foi em 2010 e foi inesquecível por ser também o meu romance de estreia.

Depois de "O Desejo de Lilith", publiquei em 2011 o romance "Encruzilhada", por outra editora, que segue um enredo semelhante: os protagonistas lutam contra as forças do mal e o principal vilão é um dos cinco príncipes do inferno: Asmodeus, um poderoso demônio de três cabeças.

Erick, editor da Draco, já vinha solicitando uma continuação para "O Desejo de Lilith". Pensei muito sobre qual forma de narrativa escolher e abandonei o velho diário, pois desta vez pretendia descrever as cenas com mais detalhes e muito mais ação. Também dei chance para um grupo de demônios, mostrando que até no inferno existem ideias contrárias. Os demônios aliados dos humanos vieram com o propósito de defender a raça humana contra a sua extinção.

Espero ainda escrever mais sobre Rafael Monte Cerquillo, Laila e Antônio Spadoni. E quem sabe Spadoni não tenha futuramente um livro só seu?

Ademir Pascale

Os personagens de “Caçadores de demônios”

Rafael Monte Cerquillo: com seus longos cabelos e barba, um homem com aparência de trinta anos de idade, mas com mais de oitenta. Um imortal que não conseguiu se desprender das vontades mundanas. Às vezes depressivo. Duro na queda e difícil de lidar. Um homem que procura seguir o bem, mas que não segue regras. Principal personagem de "O Desejo de Lilith" e um dos personagens principais de "Caçadores de demônios".

Antônio Spadoni: padre católico que tem uma vida secreta: ele é um caçador de demônios que usa armas antigas, como adagas, espadas e arco e flecha, muito semelhante aos antigos jesuítas, únicos padres a terem usado armas. Spadoni tem pouco mais de cinquenta anos. Um homem maduro, grisalho e esbelto. Sempre pronto para qualquer coisa, até mesmo a morte.

Laila: garota noturna de vinte e cinco anos de idade, moderna e inquieta. Não segue nenhuma regra e não se parece com as tradicionais heroínas, pois se for preciso ela poderá roubar até mesmo você, leitor. Apaixonada pela sua moto, vive várias aventuras sobre ela. Ninguém sabe sobre o seu passado, algo que ainda poderá ser revelado em outro livro.

Lorraine: garota de programa (não a chame de prostituta), misteriosa e maliciosa. Adora mastigar uma goma de mascar. Alta, cabelos vermelhos cacheados, sempre veste minissaias. Aparenta ter trinta anos de idade.

Samael: senhor das trevas, esposo de Lilith e pai de Caim. Poderoso, ardiloso e conhecedor das artes negras, seu maior objetivo é vingar-se de Deus.

Azazel: liderou centenas de demônios em batalhas sangrentas e é um dos capitães de Samael. Líder do grupo de demônios aliados dos seres humanos.

Seth: poderoso demônio tratado como um deus no antigo Egito, é associado com animais por ter aparência diferente.

Marchosias: marquês do inferno e comandante de dezenas de legiões de demônios. Um dos capitães em que Samael mais confia.

Berith: demônio que sabe tudo sobre o passado e que prevê o futuro. Parceiro inseparável de Paimon.

Paimon: temido e poderoso demônio, comandante de mais de duzentas legiões de demônios. O mais forte do grupo.

Baal: demônio mencionado várias vezes no antigo Testamento e tratado como o principal deus pagão dos fenícios. Um dos mais populares entre o grupo de demônios aliados.

Nathan: judeu de aproximadamente trinta anos que aparece em poucas linhas desse livro, mas que mostra coragem e compaixão pelo próximo, arriscando a própria vida.

Pedro: evangélico com aproximadamente quarenta anos, está sempre ao lado da sua família e a protege a qualquer custo. Assim como Nathan, ele está sempre disposto a dar a sua vida para salvar outras.

Este livro foi impresso em papel pólen bold na
Printing Solutions & Internet 7 em dezembro de 2014